AF220738

Wanderlust und Städtestaub oder L'Été dernier.
Aus der Liebe zu den Städten dieser Welt.
Ein poetischer Reisebericht.

Eine von Fernweh geplagte Frau, ein kleines Auto, jede Menge
Gepäck, eine Route, unterschiedlichste Unterkünfte, Erwartungen, Hoffnungen, Neugierde, Ängste, Träume, Wünsche und
die Liebe zu den Städten dieser Welt, motivieren die Protago-
nistin zu einer Reise durch einen Teil Europas.

Drei Monate lang taucht sie in die verschiedensten Orte ein.
Ausgelöst durch die vielen unterschiedlichen Sinneswahrneh-
mungen, schwimmt sie in ihren Emotionen und gibt sich den
Städten und deren Botschaften an sie hin.

Die Reisende beschreibt poetisch und passioniert ihre gesam-
melten Eindrücke. Städte werden zu Geistern, der Liebe des
Lebens, einer Tanzfläche, einem Dschinn und einer leidenschaftlichen Symbiose.

Ein Buch für alle Reisenden und die, die es noch werden
wollen. Für alle Träumer und Romantiker, welche sich von der
Magie der Städte dieser Welt verführen lassen möchten.
Der poetische Reisebericht basiert auf einer autobiografischen
Erfahrung der Autorin.
In Zusammenarbeit mit zwei Freundinnen wurde das Buch-
projekt unter dem Titel „Wenn Freundschaft Kunst spricht",
ins Leben gerufen. Das von Ellen Bünte konzipierte und
geschriebene Werk setzte die Illustratorin Anna Zejmo mit
ihren Zeichnungen kreativ um. Für die Formate und Feinschliffe
wirkte Francisca Berlin mit. Korrektur durch Jennifer Martens
und Simone Pegels.

ELLEN BÜNTE

WANDERLUSt

UND

STÄDTESTAUB

ODER

L'été DERNIER

AUS DER LiEBE ZU DEN StÄDtEN DiESER WElt.
EiN POEtiSCHER REiSEBERiCHt ...

Bibliografische Information der Deutschen Nationalbibliothek:
Die Deutsche Nationalbibliothek verzeichnet diese
Publikation in der Deutschen Nationalbibliografie;
detaillierte bibliografische Daten sind im Internet
über dnb.dnb.de abrufbar.

© 2020 Ellen Bünte
Herstellung und Verlag:
BoD – Books on Demand, Norderstedt

ISBN: 9783752671025

Wanderlust und Städtestaub oder L'été dernier
Konzipiert und geschrieben
von Ellen Bünte

instagram.com/ellen_and_the_city

Illustrationen von Anna Zejmo

instagram.com/pukizo

Inhalt

Widmung

Für meine Familie, für die es immer schwer ist, mich in ein neues Abenteuer zu entlassen.

Für meine Freunde, die mit mir zusammen träumen.

Für Francisca, mit der ich zusammen lernen durfte, dass man nicht am gleichen Ort sein muss, um sich ganz nah zu sein.

Für Moana, ohne die diese Reise nicht stattgefunden hätte, wie sie hat. Ich wünsche ihr, dass sie noch viele traumhafte Kilometer auf ihrem Lebensweg zurücklassen wird. Stets mit einem offenen Herzen für den jetzigen Moment. Mit dem Willen, jedes noch so große Hindernis als Aufforderung des Lebens anzunehmen. Und mit dem Mut, die Geräusche der Städte hin und wieder stumm zu schalten, um dem Flüstern der Seele zu lauschen. Alles, was wir brauchen, steckt vom Anbeginn unserer Reise bereits in uns.

Und für alle Reisenden in dieser Welt, die sich im Unbekannten verlieren, ihren Sehnsüchten folgen, ohne Vorurteile Neues entdecken und sich dem Hier und Jetzt hingeben, um sich immer wieder neu zu finden.

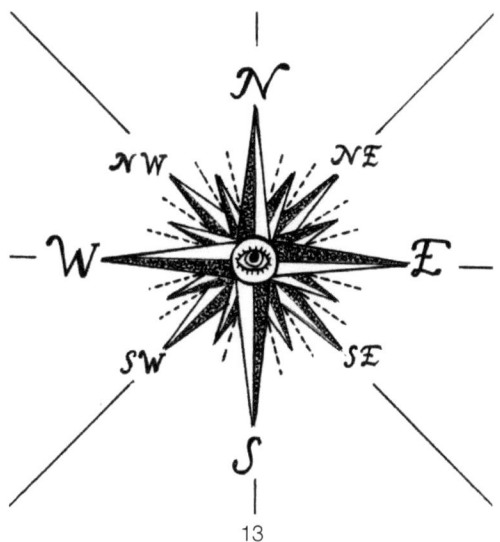

Prolog

du musst gehen

Ich muss drei oder vier Jahre alt gewesen sein, als ich das erste Mal die Bedeutung von Wanderlust in mir verspürt habe. Meine ganze Familie ist in Aufruhr, jeder rennt wie von der Tarantel gestochen durch das Haus und sucht Dinge, die man in seinen Koffer packen könnte.

Es wird Proviant zusammengesucht. Der Kofferraum des Geländewagens wird vollgepackt und man sagt mir, dass wir in ein anderes Land fahren und die geräumige Rückbank nun meine Spielwiese sei.

Wir fahren weg? In ein anderes Land? Oh mein Gott! Auf einmal packt mich das gleiche Fieber wie bei dem Rest meiner Verwandtschaft.
Ich renne in mein Kinderzimmer. Hier suche ich nach meinen Köfferchen und Täschchen und packe alles ein, was meine Stofftiere und ich gebrauchen könnten.

Wohin es geht, ist mir ab heute egal. Es ist die Spannung und Neugierde, die den Reiz in mir auslösen. Die verwandtschaftliche Karawane rollt mit ihren Autos, Wohnwagen und Booten auf die Autobahn und ein neuer Wandervogel betrit die Straßen dieser Welt.

Seitdem plagt mich täglich das Fernweh, wenn ich morgens und abends bei dem Blick aus meinem Fenster die Flugzeuge am Himmel beobachte, wie sie kreuz und quer ihre Kondensstreifen im Himmel hinterlassen. Woher kommt der Flieger und was haben die Menschen von diesem Ort zu berichten? Wohin geht der Flieger und was gibt es an seinem Ziel zu entdecken?

An einem Punkt, wo die Routine des Alltags mich auffrisst, bekomme ich eine Inspiration zu einer Reise geboten.
Von nun an hat mich der Gedanke gepackt und lässt mich nicht mehr los. Aber auch Zweifel und Ängste stellen sich mir immer wieder in den Weg, bevor ich mich entscheiden soll. Doch meine Entscheidung stand schon von der ersten Sekunde fest.

Und immer dann, wenn ich über einen Rückzieher nachdenke,
was ist wenn... und was ist in diesem Fall... oder wenn vielleicht
doch... ist es, als würde eine Hand sich auf mein Schulterblatt
legen, mich sanft in die Richtung der Reise drücken und eine
Stimme immer wieder zu mir sagen: Es ist das Richtige,

du musst gehen!

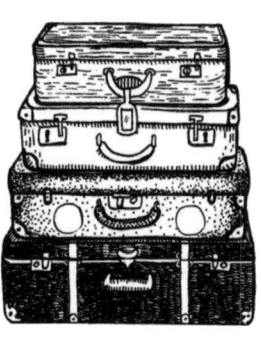

Landkarte

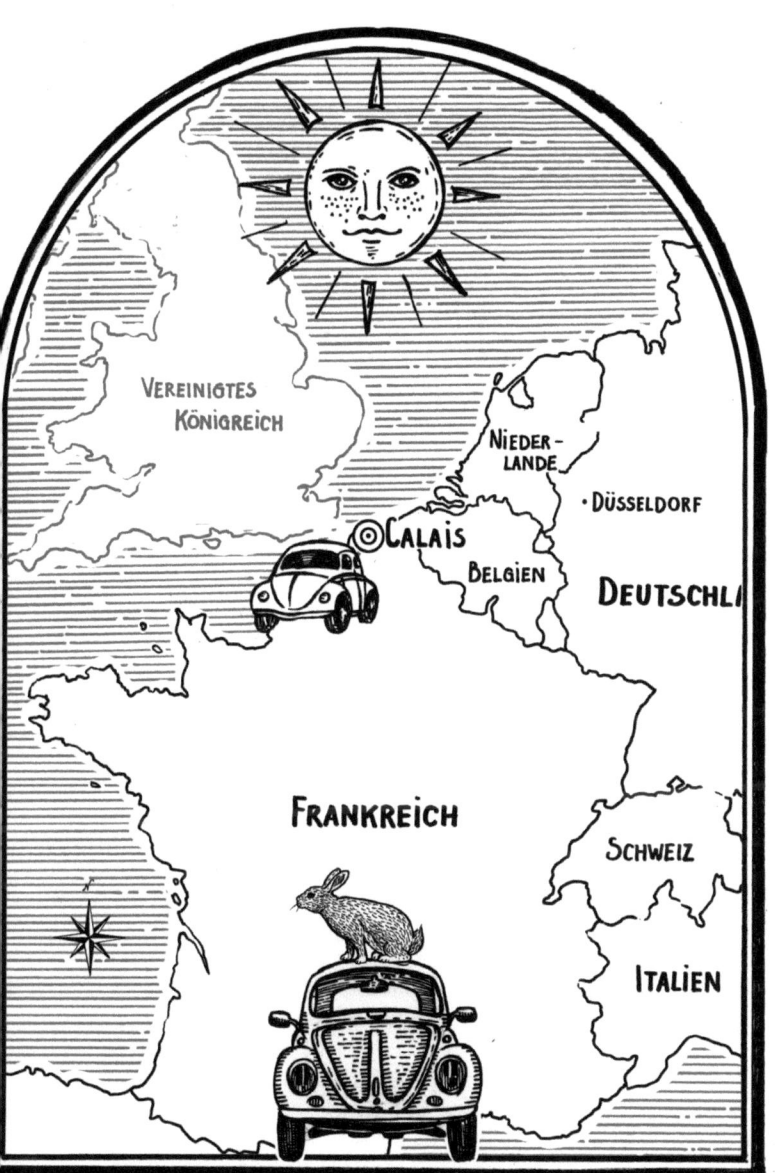

VEREINIGTES
KÖNIGREICH

NIEDER-
LANDE

· DÜSSELDORF

◎CALAIS

BELGIEN

DEUTSCHL

FRANKREICH

SCHWEIZ

ITALIEN

19

Calais
das Hasenloch

Calais. War nicht jeder von uns schon einmal in dieser Stadt? Für jeden von uns hat sie wahrscheinlich nur einen anderen Namen. Eine Stadt wie ein Geist im Norden Frankreichs, versunken in einem jahrelangen Tiefschlaf. Hier und da wacht einer der Bewohner auf, um der Stadt einen letzten kleinen Hauch von Leben einzuflößen.

Es ist Anfang Juni, aber der Sommer scheint nicht in diese Stadt eingezogen zu sein. Es ist trist und grau, die Stadt wirkt verlassen, das Einkaufszentrum inmitten dieser Kleinstadt erweckt das Gefühl, dass diese Stadt vor ihrem endgültigen Ladenschluss steht.

Ein paar geöffnete Geschäfte, von deren Namen ich weder gehört noch gelesen habe, aber die meisten Ladenlokale stehen hier leer. Auf den Straßen bietet sich mir kein anderes Bild und ich stelle mir die Frage: Wer lebt bitte freiwillig hier? Aber das ist es wahrscheinlich, warum diese Stadt so leer ist. Von hier kann man doch einfach nur fliehen...

Begibt man sich nun mit dem Auto auf die Straßen in und rundum Calais, läuft man Gefahr, sich beim einmaligen falschen Abbiegen direkt auf den Weg nach England zu machen. Eine lange eingezäunte Straße führt direkt zum Channel Tunnel Richtung Dover England. In nur 35 Minuten im längsten Unterwassertunnel der Welt, landet man also in einem anderen Land.

Die Vorstellung erinnert mich ein bisschen an Alice im Wunderland. Wenn die Realität dir hier nicht passt, folge doch einfach dem weißen Hasen... aber so weit wollte ich doch gar nicht...

Also zurück in die Realität in Calais. Und wo ist die nächste Ausfahrt, bevor ich ins Hasenloch falle?
Bitte rechts abbiegen!

Ein paar Mal rechts und links abgebogen und ich lande am Strand.

Womit meine Reise beginnt.
Ein kilometerlanger Sandstrand, begleitet von kleinen, weißen Strandkabinen, die der Wind dort wie eine kleine Wüstenlandschaft aussehen lassen, verleihen Calais nun seinen Charme. Hier hat sich also die Sonne hin verzogen und gibt der Stadt einen letzten Kuss, bevor sie scheinbar in Richtung England untergeht.

Der Juniwind ist kalt und rau hier in Calais und in der Nacht trägt er die Geräusche der pendelnden Fähre in mein Schlafzimmer. Und auf einmal ergibt diese Stadt so viel Sinn.
Klein und grau, verschlafen, aber doch bietet sie die Möglichkeit, dich auf verschiedene Weisen in die Welt hinauszulassen, wenn du dich nur traust.

Danke Calais.

Honfleur
die kleine Blume

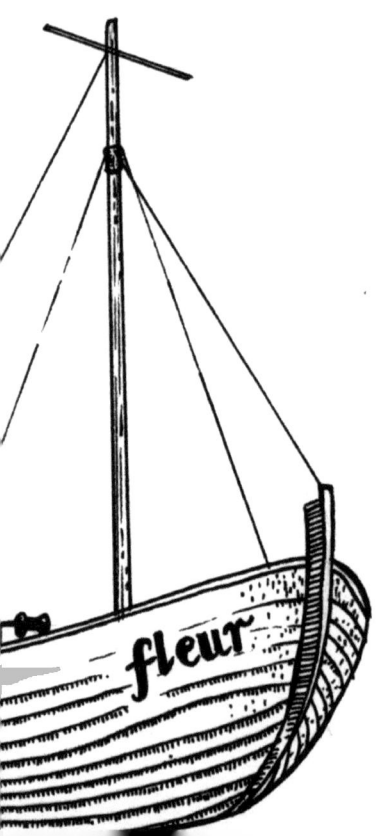

275 Kilometer südwestlich erwartet mich nun die Blume der Normandie, Honfleur.

Eine Stadt, die ihrem Namen alle Ehre macht. Wie der erste Sommertag im Jahr lächelt mich dieses Städtchen an. Blumig, freundlich und aufgeschlossen wirken hier die Bewohner, obwohl der kleine Hafen so überfüllt mit Touristen ist. Fachwerkhäuser versetzen mich in ein anderes Jahrhundert. Das Geschehen in den Gassen lässt erahnen, dass nicht nur heutige Maler hier ihre Inspiration gefunden haben.
In der Geburtsstadt des Impressionismus scheint die Welt völlig in Ordnung zu sein.

In Honfleur ist man die kleine Biene, der Niemand jemals sagt, dass es auch für sie einen Winter geben wird.

Deauville
die Stille

Auf der Suche nach einem Lebensmittelgeschäft führt eine
Landstraße mich ganz unverhofft an einen Ort, an dem
Depeche Mode ihren Song „Enjoy the silence" kreiert haben
müssen: Deauville.

Mich überkommt in diesem menschenleeren Dorf ein langer-
sehntes Gefühl der absoluten Stille und des Friedens.
Luxuriöse Häuser, Hotels und ein Casino prägen diesen Ort.
Wahrscheinlich ist Anfang Juni noch keine Tourismuszeit für
Deauville. Das Einzige, was mir in dem lauwarmen Sand die
Ruhe nehmen kann, ist eine sehr selbstbewusste Möwe, die
gerne etwas von meinem Essen abhaben möchte.

Gerne würde ich einen Moment der Ewigkeit hier in diesem
Ort verbringen und in dem Sand der Stille versinken. Doch
morgen wartet schon der nächste Ort auf mich. Und die schön
bemalten Strandkabinen, welche mit den Namen ihrer Besitzer
verziert sind, lassen erahnen, dass auch hier bald keine Stille
mehr herrschen wird. An dem Ort, wo Gabrielle Chanel
eine ihrer ersten Boutiquen eröffnete, wird bald eine kleine
Sommeroase erwachen. Für alle, die für einen kleinen Moment
versuchen, aus den Großstädten zu flüchten, um in die Stille
dieses wundervollen Strandes einzutauchen.

Enjoy the silence!

Granville

ein zuckersüßer Nebel

Nach einer sehr kühlen Sommernacht auf einer sehr ungemüt-
lichen Couch begrüßt mich der Gastgeber meiner Unterkunft
per Nachricht mit „J'arrive!". Er kommt also, um die Schlüssel
zu holen und ich komme so langsam in Frankreich an.

Mein nächstes Ziel heißt Granville und zwei Stunden später
erreiche ich die Geburtsstadt von Christian Dior.
Granville, ein Dorf versunken in einem Nebel, der die Bewohner nicht über die Stadtgrenzen hinausblicken lässt. Zuckersü-
ße Wohnsiedlungen an einem Felskap der Halbinsel Contentin.
Und es ist nicht der imaginäre Nebel, der die Stadt eingrenzt,
sondern alte Festungsmauern. Ein kleines Dorf, verschlafen wie
in einem Bilderbuch, lässt mich in die Kindheit eines großen
Modeschöpfers eintauchen. Wie ein rosa Puppenhaus von
Barbies Großmutter wirkt das Geburtshaus von Monsieur Dior.
Umgeben von einem mit Zierpflanzen geschmückten Park,
oberhalb einer Klippe, mit der Sicht aufs Meer. Im Haus selber
duftet es nach einer neueren Duftkreation des Modehauses
und die Ausstellung „Femmes en Dior" zeigt tragbare Kunst-
werke.

Ein paar Kilometer weiter, am anderen Ende der Stadt, befindet
sich der Aussichtspunkt „Pointe du Roc". Wer sich aus dem
süßen Nebel des Dorfes befreien konnte, erblickt hier eine
unendliche Weite der Normandie. Die Ebbe hat viele Boote auf
Grund laufen lassen, um jedem die Möglichkeit zu nehmen in
die Ferne aufzubrechen.

Es wird Nacht in Granville und in den Knusperhäuschen gehen
die Lichter an und schenken einer Fremden einen kurzen Einblick in das Familienleben dieser Stadt. Ich lösche mein Licht
für diese Nacht mit dem festen Willen, morgen die Stadtgrenzen, trotz des rosaroten Nebels, zu sehen und mein nächstes
Ziel zu erreichen.

Bonne nuit Granville!

Le Mont-Saint-Michel

oder Mittelerde

Schlangenförmige Landstraßen verlaufen durch die grüne Fauna und führen an einen Ort, der für mich allein auf Bildern pure Magie ausgestrahlt hat, bevor ich je dort war.

Le Mont-Saint-Michel

Die felsige Insel mit ihrem Kloster ist auch ohne ihre Bauten 92 Meter hoch und lässt sich schon von Weitem erahnen.
Nachdem ich unendliche Wiesen und Felder hinter mir gelassen habe, bleibt mir nichts anderes übrig, als das Auto stehenzulassen und mich zu entscheiden: der Bus, die Kutsche oder meine Füße.

Gut, ich will pure Magie erleben und mir nicht wie auf einer Kaffeefahrt mit anderen Touristen den magischen Moment teilen. Also laufe ich.
Langsam steigen auch in der Normandie die Temperaturen und meine erste Wanderung von vielen in den nächsten Monaten, steht mir bevor. Ich komme mir ein bisschen vor wie Frodo in Herr der Ringe auf seinem Weg zum Schicksalsberg. Das liegt unter anderem daran, dass auch hier gerade die Ebbe eingetroffen ist und der Blick von der kilometerlangen Brücke auf mein Ziel an Mordor erinnert.

Warnhinweise empfehlen, hier keine Wattwanderung durchzuführen. Na, Gott sei Dank, hatte ich das eh nicht vor, auch wenn ein Bild mit ein paar Schafen vor diesem imposanten Ausflugsort sehr reizvoll wäre.

Es liegen graue Wolken über diesem Ort, die nicht erahnen lassen, dass man hier ins Schwitzen kommen kann, wenn man an sein Ziel kommen möchte. Die Brücke ist länger als erwartet und mein Blick ist zielstrebig nach vorne gerichtet.
In meinem Kopf spielen sich historische Szenen ab.
Was dieser Ort wohl alles erzählen könnte, aus Zeiten, wo er noch kein Ausflugsziel war?

Und da ist er, mein kleiner magischer Moment im Hier und Jetzt und doch so weit weg in einer längst vergangenen Zeit.

Zurück in die Realität holt mich die elektronische Nachricht meiner heutigen Gastgeberin: Ich sei zu spät!
Da mein nächstes Ziel schon nach mir ruft, besteige ich den Schicksalsberg nicht bis zur Spitze, sondern setze meine Reise zum nächsten Ort fort.

Ich hoffe, Mittelerde wird mir dies verzeihen.

Nantes
der One-Night-Stand

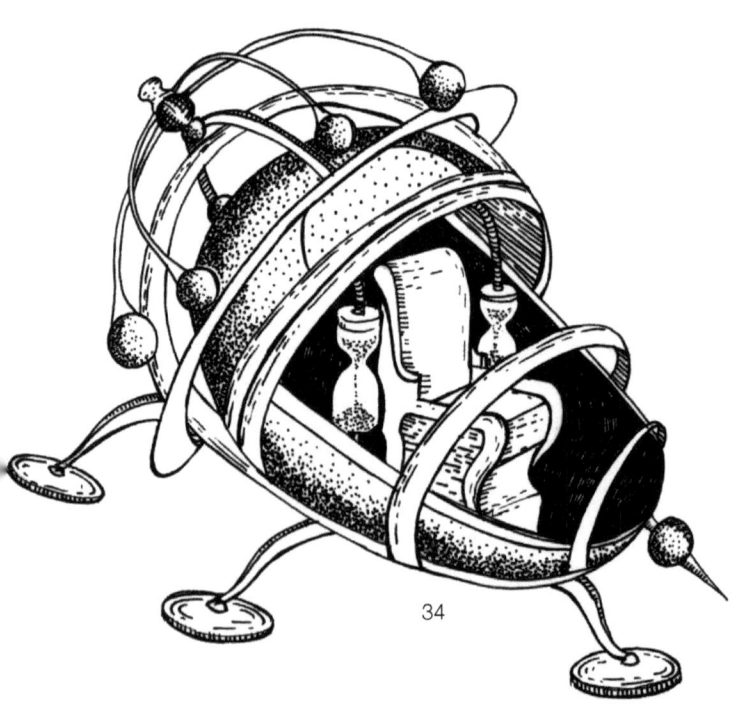

In der Bretagne ist der Sommer bereits angekommen und mit meiner physischen Ankunft in Nantes kommt mein Geist wieder zurück in die Realität. Nachdem ich in den letzten Tagen verschlafene, kleine und historische Orte entdeckt hatte, begrüßt mich nun eine pulsierende Großstadt.
Die zeitweilige Hauptstadt der Bretagne gibt mir das Gefühl, als hätte mich eine Zeitmaschine wieder in die Gegenwart katapultiert.

Die Sonne erhitzt die Straßen und Menschenmengen füllen die Geschäfte und Restaurants.
Dieser Ort spricht ohne Pause in den unterschiedlichsten Sprachen zu mir. Diese Studentenstadt ist ein Schmelztiegel unterschiedlichster Kulturen.

Mein Herz schlägt für diese Art von Städten, wo historische Gebäude auf Street-Art treffen und wo ich in einem kulinarischen Moment eine Inspiration für mein nächstes Reiseziel finde.
Doch leider stellt Nantes auch Herausforderungen: Der Verkehr, die Parkplatzsuche und eine Wohnung im dritten Stock ohne Aufzug.
Ich schwitze, ich habe Hunger und so langsam verspüre ich eine anhaltende Müdigkeit vom täglichen Ein- und Auspacken meiner sieben Sachen. Trotzdem möchte ich mich der Stadt von meiner besten Seite zeigen. Mit letzter Kraft präpariere ich mich ausgehtauglich.

Die lebhafte Stadt verlangt nun zu viel von mir ab. Nach ein paar Streifzügen durch die Altstadt ziehe ich es vor, mir in einem kleinen Bistro eine herzhaft gefüllte Waffel und eine andere mit geschmolzenem Karamell zu bestellen.

Auf dem Heimweg genieße ich diese Gaumenfreude und akzeptiere, dass Nantes wohl dieses Mal nur ein kurzer One-Night-Stand für mich sein wird. Die flüsternde Stadt lässt mich tief und fest schlafen.
Am Morgen, bereit für die Abreise, verweigert mir Nantes nun noch mein Frühstück. Die Stadt schläft noch und entlässt ihre Liebschaft der letzten Stunden mit hungrigem Magen.

Mit einem flüchtigen Blick auf den Turm der alten Keksfabrik Lefèvre-Utile, welche von Jules Verne inspiriert ist und sich durch seine mechanischen Tiere und Puppen auszeichnet, verabschiede ich mich ohne Reue.

Denn auch ein One-Night-Stand kann irgendwann eine Affäre werden, Nantes.

Cognac
der Sommerhit

Höhere Mächte müssen mich auch wieder 120 Kilometer nörd-
lich von Bordeaux nach Cognac geführt haben.
Rund um den Globus dringt aus den Radios, Cafés, Clubs,
Strandbars und aus den Kopfhörern von Passanten seit Wochen der Nummer eins Hit der Charts. Drakes „One Dance"
entwickelt sich auch zu meiner persönlichen Hymne, spätestens als mir meine Reisegröße Hennessy Cognac ausgeht und
mir wie ein Zeichen die Stadt Cognac jetzt auf der Landkarte
erscheint.

Es ist nicht mein erster Besuch in diesem versteckten
Provinzort. Deshalb weiß ich, was für ein Umweg mich nach
Cognac erwartet. Alle Wege führen bekanntlich nach Rom,
aber in das Weingebiet führt nur einer hin und zurück.
In Luftlinie gemessen, wäre der Abstecher wahrscheinlich ein
Katzensprung, mit dem Auto jedoch eine kurvenreiche Fahrt
durch kleine Dörfer, die teils nur aus fünf Häusern bestehen.
Jeder neue Kreisverkehr leitet mich in ein nächstes Dorf, wel-
ches sich durch ockergelbe Häuser und Landstraßen
auszeichnet.

Hinzu kommen nun Regen und die bewölkte Atmosphäre. Dies
passt nun so gar nicht mehr zum Sommerhit.
Angekommen im verregneten Cognac, befinden sich an der
Flussschleife der Charente die Produktions- und Lagerstätten
traditioneller Weinbrandfirmen.

Mein Ziel ist klar. Ich statte dem Erbe von Henry Hennessy
einen kleinen Besuch ab, um dort meine Sammlung der
limitierten Reiseflaschen mit den bunten Gummiüberzügen zu
vergrößern. Zufrieden kann ich nun meine Reise in die nächste
größere Weinmetropole fortsetzen.

Und auch die Wolken und der Regen vermögen mir meine
Stimmung nicht mehr zu trüben, denn: **Henry** I like your style...

Bordeaux
kein Happy End

Bordeaux Rot. Bordeaux Wein. Universitätsstadt. Politisches, wirtschaftliches und geistiges Zentrum des französischen Südwestens.

Eine Anreihung von Sakralbauten, Profanbauten und moderner Architektur. Doch gerade übernimmt diese Stadt noch eine ganz andere Rolle in dieser Welt. Es ist Fußball Europameisterschaft und diese Stadt dient als einer der Austragungsorte. Blaue Banner, Flaggen und Zelte schmücken das Stadtbild mit der Aufschrift „Bienvenue à Bordeaux".

Trotz des grauen Wetters und des Regens ist die Stadt in einem Rausch. Fußballanhänger aus den verschiedensten Ländern haben hergefunden, um zusammen dieses sportliche Ereignis zu zelebrieren.
Mich reißt dieser Anlass gerade nicht mit, da ich viel zu sehr damit beschäftigt bin, die architektonische Vielfalt in mir aufzusaugen.
Zum ersten Mal überkommt mich das Gefühl, dass hier mein Aufenthalt viel zu kurz sein wird.

Ein Blick in einen kleinen Bücherladen, in welchem alte Exemplare bis unter die Decke zu finden und nur mit einer Holzleiter zu erreichen sind, erweckt in mir Melancholie.
Im Zeitalter der Elektronik fängt mein Herz funken bei einem solch nostalgischen Anblick.

Mein Entschluss steht fest: Bordeaux, du bist ein neugewonnener Freund und ich möchte wiederkommen, um mir deine Geschichten anzuhören.

Leider hatte ich nur Zeit für eine deiner Kurzgeschichten…
aber ich bin mir sicher, irgendwann gibt es auch für uns ein

HAPPY END…

Pamplona

meine rosa-rote Brille

Der frühe Stier fängt bekanntlich den Torero.
So wache ich früh am Morgen in einem rosa-türkisen Puppen-
stübchen in Bordeaux auf. Meine Gastgeberin hat sich ein
wahres Mädchenparadies in einem Vorort dieser französischen
Kulturstadt erschaffen. Mit meiner imaginären rosa-roten Brille
mache ich mich nun auf den Weg in ein neues Land.

Spanien und Pamplona heißt mein heutiges Ziel. Mit gemisch-
ten Gefühlen betrachte ich die Landschaft, welche sich der
Autobahnstrecke anknüpft. Diese verändert sich zusehends.
Aber das ist es nicht, was meine Gefühle in ein Ungleichgewicht
bringen. Es ist Pamplona selber.

Durch Pamplona führt der navarrische Zweig des Jakobswegs
und unzählige Pilger passieren jährlich die Puerta Fráncia, um
ihrem Ziel Santiago de Compostela einen Schritt näher zu kommen. Der Jakobsweg hat, seitdem ich mir von seiner Existenz
bewusst bin, eine spirituelle Anziehungskraft auf mich. Die Strecke, die ich gerade mit dem Auto zurücklege, könnte eventuell
ein Stück einer zukünftigen Pilgerreise für mich werden.
Mich schüttelt es. Es sieht hier für eine Wanderung ziemlich
eintönig aus. Nun gut, zurück ins Hier und Jetzt.

Da streift mich der nächste Gedanke, den ich mit Pamplona
verbinde: Stierlauf!
Eigentlich sollte ich als Vegetarierin und stolzer astrologischer
Stier schon aus Prinzip diese Stadt meiden. Angekommen in
Pamplona, versuche ich der Stadt eine Chance zu geben.
Die Tapas in einer landestypischen Bar sind ein hervorragender
kulinarischer Anfang und schließlich machte Ernest Hemingways
Roman „Fiesta" die Stadt weltberühmt.
Doch der Torero namens Pamplona möchte mit dem neu einge-
troffenen Stier nicht kommunizieren. So entschließt sich dieser
für eine ausgedehnte Shoppingtour durch die Straßen der Stadt.
Im Wahn des Einkaufsrausches setze ich mir wieder meine ro-
sa-rote Brille auf und lasse den Tag mit einer utopischen Frage
ausklingen: Wie wäre die Welt, wenn ich sie regieren würde?

Rosa-Rot!

Santiago de Compostela
ein Glücksgefühl

Die Autobahn Richtung Santiago de Compostela hat eine fast hypnotische Wirkung auf mich.
Eine dunkelrote Berglandschaft, links und rechts eingesäumt mit gelben, hochgewachsenen Wildblumen.
Diese Szenerie rauscht sieben Stunden unverändert an mir vorbei. Wie auf einem Laufband nehme ich unter mir die Bewegungen wahr, aber mein Umfeld verändert sich nicht.

Angekommen in der Altstadt des Wallfahrtsortes, mache ich mich auf die Suche nach meiner heutigen Unterkunft: eine sehr moderne Pilgerherberge.

Nach ein paar falschen Hauseingängen, die Bewohner des Ortes sind schon an orientierungslose Fremde gewöhnt, falle ich, vollkommen überanstrengt von der monotonen Autofahrt ins Bett. Sofortiger Tiefschlaf ohne ein Abendessen.
So ist es mein knurrender Magen, der mich am Morgen weckt.

Auf der Suche nach einem Café stelle ich fest, dass Santiago mit Souvenirgeschäften überhäuft ist. In diesen können sich erfolgreiche Pilger und Besucher der Stadt mit Erinnerungsstücken eindecken. Diese sind meist mit der berühmten Muschel, die für den Jakobsweg steht, versehen.

Ich lasse es mir natürlich nicht nehmen, auch etwas davon für meine Sammlung anzuschaffen. So schlendere ich weiter verträumt und hungrig, aber mit neuen Armbändern und Rosenkränzen durch die Altstadt Santiagos, welche inklusive des Caminos zum Weltkulturerbe zählt.

Angekommen auf dem Platz vor der berühmten Kathedrale von Santiago de Compostela, packt mich ein Gefühl des übermäßigen Glücks. Trotz des Regens und der Wolken ist es, als würde für mich in diesem Moment die Sonne erstrahlen.
Ganz unverhofft füllen sich meine Augen mit Tränen und ein Gefühl der Befreiung ergreift mich. Es ist, als würde mich die Erleichterung hunderter Pilger, die wochenlang nur ein Ziel hatten und es endlich erreicht haben, überkommen.

Es ist wieder mein Magen, der mich daran erinnert, weshalb ich vorrangig so früh meine Herberge verlassen habe.

Leicht durchnässt, entdecke ich etwas außerhalb ein Café, in dem sie typisch spanische Churros mit heißem Kakao servieren. Die wahrscheinlich weltbesten Churros sind nun ein weiterer Grund, noch einmal hierher zu finden und den Jakobsweg zu bestreiten.

Lieber Camino, du stehst schon lange auf meiner Liste und nach heute mehr als je zuvor.

Auf ein Wiedersehen! Adios Santiago!

Porto
und die Intuition

Altes Kopfsteinpflaster, uralte Monumente, aquarelle Straßenkunst und kreative Heiligenverehrung schmücken die
hügeligen Straßen einer der ältesten Städte Europas. Unter
dem blauen Himmel Portugals wirkt eine Art Unruhe. Man ist
unpünktlich, gehetzt und irgendwie nimmt man sein Gegenüber nicht wirklich wahr. Und wenn doch, so ist es mir, als
würde man versuchen, mit tiefschwarzen Augen in meine Seele
zu schauen und mit einem trügerischen Lächeln alles Gute,
was in mir ruht, zu entnehmen. Da ist es dieses Bauchgefühl.
Unberührt dessen mache ich mich auf den Weg, die Stadt
kennenzulernen.

Angekommen vor der Kirche des Heiligen Ildefonso bin ich
fasziniert von der blau-grauen Kunst dieses Gotteshauses. Zu-
gleich jagt es mir einen kalten Schauer über den Rücken. Meine
Vorstellungskraft wird wahnwitzig lebhaft. Vor meinem inneren
Auge läuft eine „From Dusk till Dawn"- Szene. Blutrünstige Vam-
pire, die innerhalb dieser Kirche nur auf meine Ankunft warten.
Ein Fall von Unterzuckerung!
Nach einem sehr guten Essen laufe ich weiter die Straßen auf
und ab. Aber das ungute Gefühl in meiner Magenregion möchte
einfach nicht entweichen.
Auch in der Nacht wälze ich mich unruhig hin und her. Die städtische Möwengarde krächzt die ganze Nacht in mein Zimmer,
als wollten sie mich vor einem bevorstehenden Unglück warnen.

Meine Intuition wird intensiver, es drängt mich hinaus aus dieser
Stadt. Dabei wollte ich mir doch noch die Buchhandlung Livraria
Lello & Irmao anschauen. Diese soll eine der schönsten ihrer Art
sein, mit ihrem unverwechselbaren neogotischen Stil. Doch das
Böse ist meinem Fluchtinstinkt zuvorgekommen. Die Scheibe
des Autos wurde eingeschlagen. Und statt einer Buchhandlung
treffe ich nun auf ein kleines, überfülltes Polizeirevier mit weite-
ren Opfern krimineller Verbrechen.

Ich weiß bis heute nicht, ob es die Stadt war, die die ganze Zeit
zu mir sprach oder meine Intuition. Aber ich weiß, beim nächsten Mal gebe ich nicht meinem leeren Magen die Schuld für
mein Bauchgefühl.

Lissabon
eine Tanzfläche

- eine Tanzfläche -

Zweifel überkommen mich nun in Lissabon.
Wie in Gottes Namen soll hier eine angezogene Handbremse
eines Wagens einen Dominoeffekt verhindern? Die Stadt besteht nicht aus Hügeln, sondern Bergen.
Und wäre dieser bergige Ort nicht schon eine Herausforderung
genug, ist meine Unterkunft eine Altbauwohnung, gefühlt im 99.
Stockwerk. Zudem hat die Wohnung auch noch keine Wasch-
maschine und meine Wäsche benötigt dringend eine Tiefenrei-
nigung.

Also mache ich mich mit einer Strandtasche gefüllt mit Wäsche, auf den Weg in einen der Waschsalons der Stadt. Hügel
hoch und runter. Dort angekommen denke ich an eine kleine
Atempause, bis ich realisiere, wer sonst so alles einen Wasch-
salon besucht.

Da haben wir den verschnupften portugiesischen Chris Brown.
Wenn er nicht so angeschlagen wirken würde, würde ich glatt
eine kleine loyale Tanzeinlage mit ihm wagen. Dann haben wir
noch einen Surfer, der in Flirtstimmung ist. Süße ältere Damen,
die mich über das alltägliche Waschsalongeschäft in ihrer Lan-
dessprache aufzuklären versuchen. Auch sonst wirkt Lissabon
lebendig bunt.

Die Altstadt ist bis in den kleinsten Winkel geschmückt, als
würde hier jeden Tag das Leben gefeiert werden. Kleine,
freundliche, bunt geschmückte Lokale beseelen diesen inter-
essanten Ort. Die Europameisterschaft hat auch hier ein Fieber
ausgelöst, aber man kann es den Portugiesen nicht verübeln,
schließlich sieht es in diesem Jahr sehr nach einem Sieg für sie
aus.

Vor dem großen Stadttor sind riesige Leinwände aufgebaut,
laute Musik ist zu hören, aufgedrehte Fußballfans und alle anderen, die sich von der Stimmung anstecken lassen, tummeln
sich auf diesem Platz. In der Einkaufsstraße herrscht reger
Fußgängerverkehr, mit Tüten bestückte Passanten, Eis schlem-
mende Kinder und gut gelaunte Straßenmusikanten an jeder
Ecke.

- eine Tanzfläche -

Eine Wanderung durch Lissabon wird irgendwie immer mit einem imaginären Konfettiregen begleitet.

Nach einer Woche ziehe ich für mich das Resümee.

Lissabon, du bist eine wunderbare Tanzfläche und jeder Tag mit dir ist es wert, ein Tänzchen zu wagen. Beim nächsten Mal vielleicht auch mit dem Chris Brown der Stadt. Dann aber bitte ohne Schnupfen.

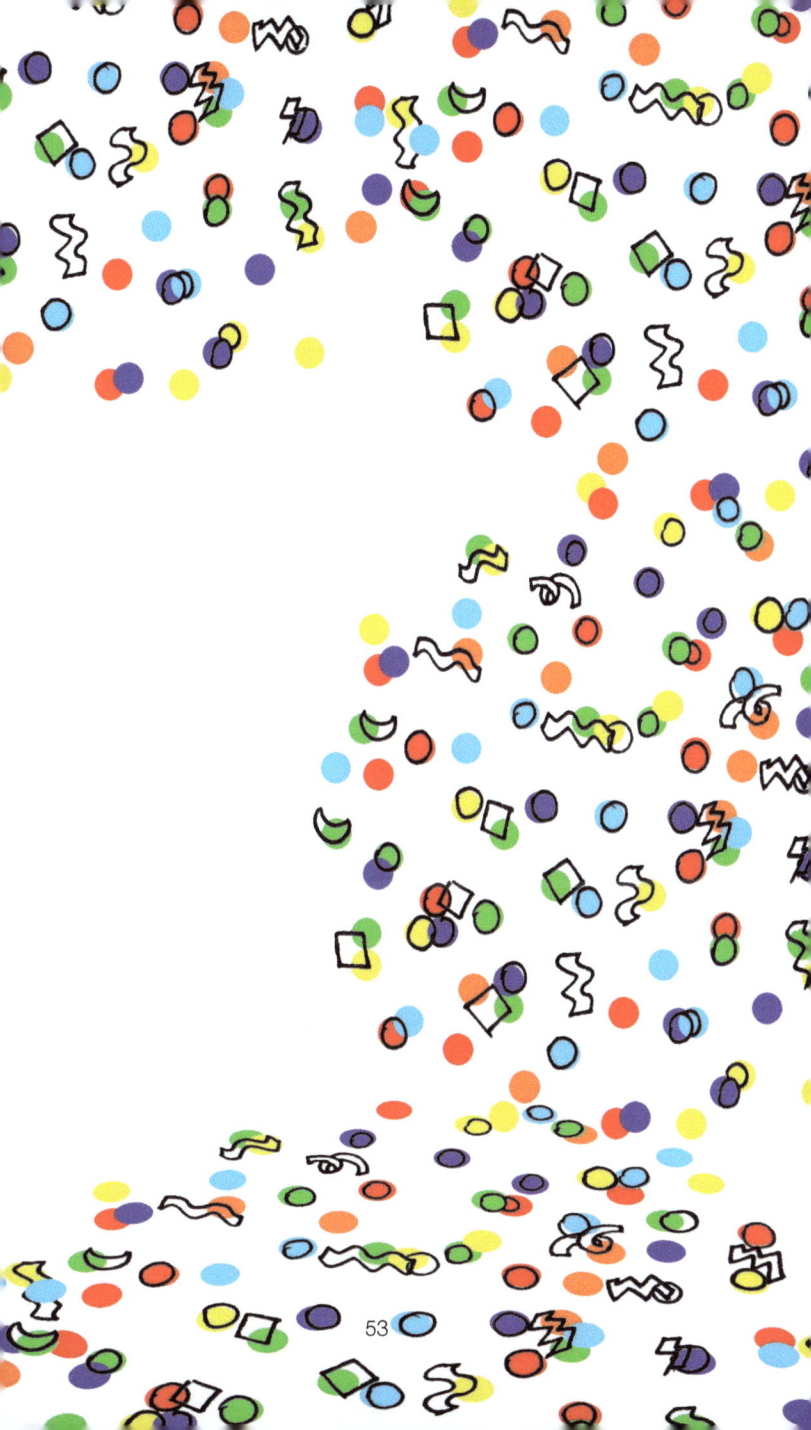

53

Sagres

oder das Ende der Welt

oder das Ende der Welt
Ende der Welt begegnest du dir selbst.

Unendliche Weiten des rauen Atlantiks, beglei
von roten Felsen, einsamen Buchten, verlassen
Sandstränden und karger Vegetation. Hier ist es
nicht schwer nur sich selber über den Weg zu
laufen.

Zunächst war dies erschreckend für mich, da ic
eine Woche in Sagres verbringen soll. Eine Wo
der dir dieser Ort fast ohne Unterbrechung
iegel vor das Gesicht hält.

Sagres oder das Ende der Welt.
Am Ende der Welt begegnest du dir selbst.

Unendliche Weiten des rauen Atlantiks, begleitet von roten Felsen, einsamen Buchten, verlassenen Sandstränden und karger Vegetation. Hier ist es nicht schwer, nur sich selber über den Weg zu laufen.

Zunächst war dies erschreckend für mich, da ich eine Woche in Sagres verbringen soll. Eine Woche, in der dir dieser Ort fast ohne Unterbrechung einen Spiegel vor das Gesicht hält.

Auf der Suche nach mir selbst laufe ich kilometerlange Strände entlang. Der Wind wirbelt hier in den Abendstunden das Meerwasser so fein auf, dass du in einer Art Nebel läufst, der dir die Sicht nimmt. An einem anderen Tag erstrahlen die Felsklippen um dich herum wie schmelzende Karamellbrocken, bis die Sonne untergeht. Dann bist du an dem weißesten Sandstrand der Region und siehst eine Welle nach der anderen kommen und gehen. Welche davon bist du bereit zu surfen?

Irgendwann versuchst du, den höchsten und turbulentesten Aussichtspunkt zu erreichen und passierst auf deiner Suche leer stehende, graffitibesprühte, verwüstete Häuser, alte Ruinen, vernebelte Felsabhänge und tiefe Schluchten. Die Wege sind holprig. Große Steine liegen mitten im Weg, die Räder des Wagens wollen irgendwann nicht mehr. Die Achse ist kurz davor zu brechen, der Tank fast leer und da ist sie, die Panik.

Verloren am einsamsten Ort der Welt, mitten im Nichts und du weißt nicht weiter. Aber irgendwie geht es immer weiter.
Egal, an welchem Ort du bei deiner Selbstfindung oder in Sagres stecken bleibst, es geht immer weiter. Mitten in der unendlichen Stille der Natur, wo nur der Wind wie deine innere Stimme zu dir flüstert, findest du ein Stück deines absoluten Seins zurück.

Den letzten Rest meiner Eitelkeit lege ich nun ab.
Meine sonst geglätteten Haare fallen nach und nach in ihre Naturkrause zurück, Äußerlichkeiten und Habseligkeiten werden nun noch unbedeutsamer als je zuvor. Verzicht entwickelt sich zu einer Tugend und mir wird klar, dass man am Ende der Welt nur sich selber braucht, um glücklich zu sein.

Es ist Zeit für eine Veränderung und ich beschließe, mit der Frau im Spiegel anzufangen.

Albufeira
beschwipste Geselligkeit

Nach Sagres und der stillen Einsamkeit lande ich nun in Albufeira in beschwipster Geselligkeit.
Engländer, die in einer Bar nach der nächsten sitzen und dich zuzwinkernd auffordern, auf ihrem Schoß Platz zu nehmen.
Holländische Teenie Gruppen, die ihren ersten Sommerurlaub ohne Eltern verbringen, bis mittags schlafen, ab dem Nachmittag den Pool besetzen und abends wie für einen Videoclip gestylt um die Häuser ziehen. Kreative Auswanderer, die hier eine neue Existenz suchen, weil sie der Liebe wegen hierher gefunden haben. Deutsche Familien mit Kindern, gestresst im überfüllten Supermarkt, da jeder irgendetwas anderes will.

Leuchtende Tabledance Bars, glitzernde Clubs, Souvenirgeschäfte mit Dingen, die die Welt nicht braucht und mitten drin mein neu geerdetes Ich.
Nur 86 Kilometer liegen zwischen diesen unterschiedlichen Welten. Vor einer Woche bin ich noch felsige, unstabile Treppen auf- und abgestiegen, um an den Strand zu gelangen.
Nun fahre ich mit einer Rolltreppe zum stadteigenen Strand von Albufeira.

Ich habe verlassene Meeresabschnitte gegen überfüllte und laute Strände eingetauscht.
Auf der Flucht vor diesem quirligen Tourismuskessel entdecke ich Vilamoura. Hier wird Luxus großgeschrieben und zu einem luxuriösen Aufenthalt gehört hier ein angenehmer Geräuschpegel. Auf Strandliegen genießt der Strandbesucher bei Chillout Musik einen Drink und beobachtet die kleinen Segelboote, die wie eine Karawane des Meeres vorbeiziehen.

Zur Abendstunde kehre ich in das brodelnde Geschehen Albufeiras zurück. Ich gebe mich dem Strom der Stadt hin und genieße in Gesellschaft einige Drinks.
Nun erkenne ich, manchmal muss man sich dem Fluss der Stadt hingeben, um sein eigenes Gleichgewicht zu halten.

Tchim tchim!

Lagos
die Suche nach Authentizität

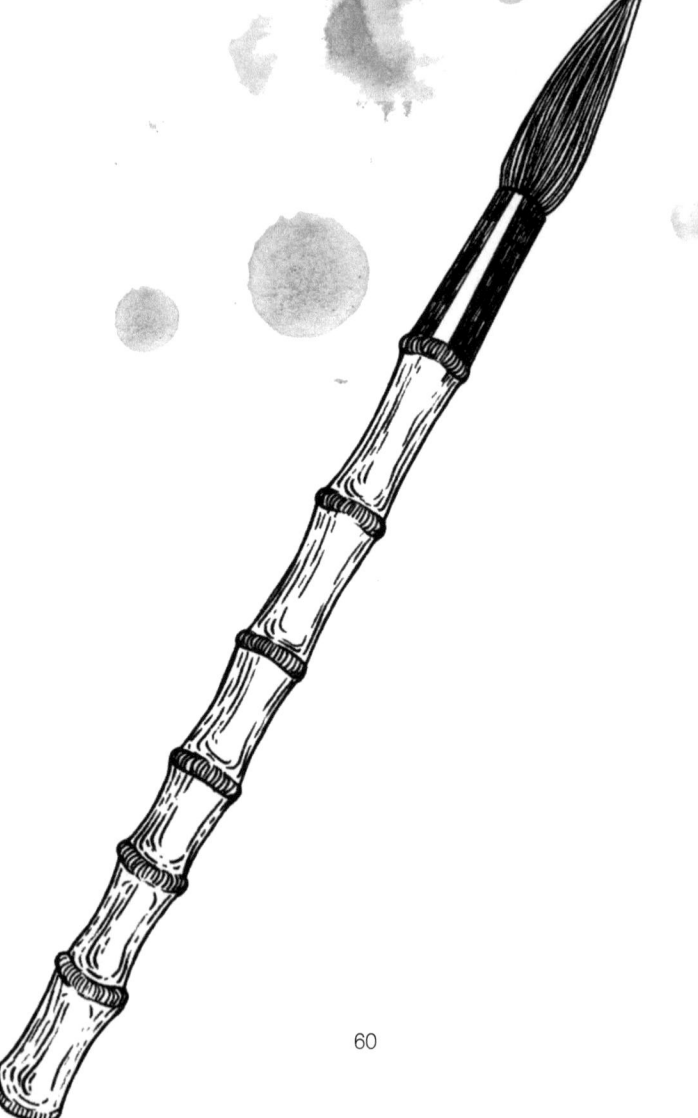

„Wenn du an der Algarve bist, musst du unbedingt nach Lagos…", heißt es von Freunden, Bekannten und Reiseführern.

Lagos, eine Hafenstadt mit einer belebten Geschichte. Schon Phönizier, Griechen, Karthager und Mauren siedelten hierher. Eine gute Voraussetzung für ein ertragreiches Leben bietet dieser Ort. Das Meer, wie auch der Boden um Lagos, ist reich an Früchten. Lange Sandstrände, historische Sehenswürdigkeiten und ein Hafen, in dem man Yachten, wie auch traditionelle Fischkutter finden kann.

Damals wie heute versuchen fremde Siedler hier ihr Glück. Englische Pubs, eine deutsche Bäckerei, internationale Discotheken und unterschiedlichste Souvenirgeschäfte. Ein Rundumpaket für den Urlauber.

Meine Suche nach Authentizität ist hier leider vergebens. Zu sehr hat sich die Stadt dem Tourismus angepasst. Nach ein paar Runden durch die Altstadt laufe ich unverhofft in mich selbst hinein. Auf einer großen Mauer ist eine Frau gemalt. Diese hockt in ihrer bunten Hose und einem Schlabberpulli auf dem Boden.
Sie hält einen Bambusstab in der Hand, ihr Blick ist fixiert auf einen Fisch. Mir ist, als hätte der Künstler mein Ebenbild erschaffen.
Da bin ich also auf einer Mauer im portugiesischen Lagos, wie immer auf der Suche nach etwas Echtheit, etwas Neuem, etwas Unbekannten. In der Hoffnung, in ein Stück Seele der Stadt einzutauchen.

Und hier habe ich es gefunden, als hätte der Künstler eine Vorahnung gehabt und eine Szene meiner Reise hier festgehalten.

Danke dafür, lieber unbekannter Kunstschaffender!

Ilha de Tavira
die Musik

An der Südküste der Algarve findet sich eine Anreihung von Sandinseln. Für ein paar Euro kann man sich mit aufgedrehten Kindern, verliebten Pärchen, gestressten Eltern, gebräunten Sonnenanbetern und coolen Teenagern eine Fähre teilen und die kleinen portugiesischen Inseln besuchen.
Nach nur fünf Minuten erreicht die Fähre die Ilha de Tavira. Jeder der Inselbesucher macht sich auf den Weg über lange Holzstege, um ein Plätzchen am Wasser zu finden.

Die elf Kilometer lange Insel mit ihrer ehemaligen Thunfischfabrik, welche an ein Stück Vergangenheit der Region erinnert, ist nicht nur Ziel von vielen Touristen in dieser Zeit. Auch Einheimische finden täglich an ihren freien Tagen her, um in das Inselleben einzutauchen.

Es ist Ende Juni, die Sonne strahlt in ihrer vollen Pracht, keine noch so kleine Wolke hat sich hierhin verlaufen und der Wind umkreist die Insel wie ein verspielter Wirbelsturm.
Der Sand unter meinen Füßen vibriert, der Wind gewinnt Gefallen an meinen Locken und streift diese je nach Laune von einer zur nächsten Seite. Die Sonne lächelt beherzt auf die kleine Ilha de Tavira und am Ufer schenkt das Meer eine wellenreiche Abkühlung.

Grelles Kinderlachen, eifriges Geplauder in den verschiedensten Sprachen, das Dribbeln von Bällen, fröhliches Peitschen der Wellen und das Pochen meines Herzens verschmelzen hier in einen Rhythmus.

Die Insel lebt und sie tanzt, es entwickelt sich eine ganz einzigartige Musik durch die Zusammenkunft der Natur und ihrer Besucher. Ich drehe mich am Strand wie aus einem natürlichen Reflex im Kreis und weiß nun: Alles, was ich gerade brauche, ist die einmalige Komposition des Moments.

Du musst nur dein Herz öffnen und zuhören.

Tavira

dankbar

Aufgedreht und hungrig komme ich gegen Abend nach meinem Inseltanz in Tavira an.

Hier vernehme ich weitaus sanftere Klänge.
Der Wind hat sich zurück verzogen und die Meeresmündung ist besonnen ruhig. Der Horizont färbt das Örtchen in ein malerisches Rosa-Blau. Kleine Singvögel schwirren ausgelassen hin und her.

Ich passiere eine wunderschöne kleine Altstadtbrücke.
Straßenmusiker spielen verträumte Musikstücke und eine menschengroße Mickey Mouse winkt mir lächelnd zu. Angekommen in einem Restaurant direkt am Wasser, wird mir ein vorzügliches Thunfischsteak serviert. Nicht ohne Grund ist diese Region für ihren Thunfisch so bekannt.

Dankbar für die vielen Sinneswahrnehmungen des Tages falle ich glücklich und müde in mein Bett.

A bailarina.

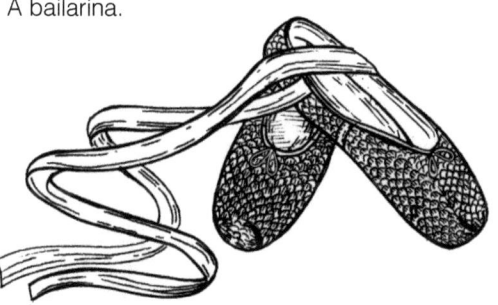

Ilha do Farol

eine wundervolle Welt

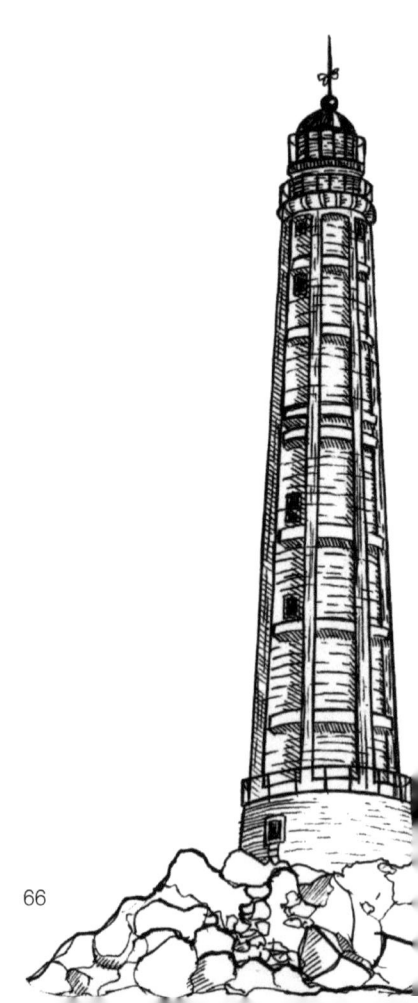

Die Insel des Leuchtturms.
Farol bedeutet in Deutsch der Leuchtturm. Und da wacht er mit
seinen 47 Metern Höhe über die kleine farbenfrohe Insel.

Wenn ich in den letzten drei Wochen nicht in Portugal gewesen
wäre, würde ich nun denken, ich sei auf einer kleinen karibi-
schen Insel gestrandet. Fernab vom Tourismus, mit kleinen
holprigen Straßen, weißen minimalistischen Häusern und einer
artenreichen Vegetation, empfängt mich diese Insel. Überall
am Wegesrand und in den Vorgärten strahlen die wunderschönsten und buntesten Pflanzen.

Ein kleines Paradies erstreckt sich auf sieben Kilometern Länge und einem Kilometer Breite.
Die meisten Inselbewohner leben hier immer noch vom Fi-
schen. Nur einige von ihnen vermieten hier ihre Privatunterkünf-
te für Reisende.

Das Meer rundum Farol ist ruhig, das Wasser karibisch türkis
und klar. Ich miete mir am karg besuchten Sandstrand eine
Liege und summe leise Louis Armstrongs „What a wonderful
World" vor mich hin.

Sevilla
gemeinsam einsam

„Das Stadtleben besteht aus Millionen von Menschen, die einsam sind."

So beschrieb schon um 1800 der Philosoph Henry David Thoreau[1] das städtische Leben. Sevilla, Hauptstadt Andalusiens und mit knapp 700.000 Einwohnern die viertgrößte Stadt Spaniens und die Stadt, die in Windeseile mein Herz erobert.

Wie jede neue Liebe macht sie mir anfänglich etwas Angst mit ihren labyrinthartigen und engen Gassen. Auf der Suche nach meiner Unterkunft bleibt das Auto ein paar Mal stecken. Unbeschadet findet der Vierräder nicht mehr aus der Altstadt heraus. Die Stadt entschädigt mich jedoch sofort mit ihrem vielfältigen Essen. Denn das ist es, was Sevilla definitiv verstanden hat: Liebe geht durch den Magen und durch meinen ganz besonders. Und was kann eine Frau sonst noch verzücken? Ein überragendes Einkaufsangebot zur Ausverkaufszeit und überall rote Schilder an den schönsten Kleidern.

Sevilla, ich bin dir verfallen und jetzt führst du mich an wunderschön erhaltene historische Orte. Eine Legende besagt, dass die Stadt von dem griechischen Helden Herakles gegründet wurde. Und es besteht kein Zweifel, Götter müssen an Herakles Seite gewesen sein, als dieser die Stadt erschuf.

Eine riesige Altstadt im altrömischen Stil mit zahlreichen Türmen und Prachtbauten, welche teilweise unter dem Regime von Julius Caesar erschaffen wurden. Auch die Mauren hinterließen mit ihrer orientalischen Bauart hier ihre Spuren. Nicht zuletzt der riesige Gebetsturm neben der prachtvollen Kathedrale, der an eine bewegte Vergangenheit erinnert.

Die Schönheit der Stadt nimmt kein Ende, mein Herz flattert fast durchgängig und ich weiß gar nicht, wie viel elektronischen Speicher ich für die ganzen Bilder benötige, die ich hier schieße. Ich versuche, jede Facette meiner neuen spanischen Liebe festzuhalten.

1 Henry David Thoreau 12. Juli 1817 - 06. Mai 1862 amerikanischer Schriftsteller und Philosoph

Beim Durchsehen der Bilder versuche ich für mich das
schönste und aussagekräftigste herauszufiltern. Bis ich bei
dem emotionalsten Bild stehen bleibe. In den Straßen Sevillas,
ein Schnappschuss von einem in Hochzeitskleidung ausgestat-
teten Paar, beide bereit, mit nur einem Rucksack bepackt von
Europa bis nach Taiwan, per Anhalter zu ihrer Familie zu
reisen. Um zusammen, gemeinsam einsam, das Städteleben
dieser Welt zu erkunden und schlussendlich sich am Ziel ihrer
Reise das JA-Wort zu geben.

Sevilla, du hast es geschafft, du hast eine Vollblutromantikerin
in mir entfacht. Nach langer Zeit fühle ich mich frisch verliebt
und schwebe über dir auf Wolke Sieben.

Te quiero.

Estepona
die Regionalisierung

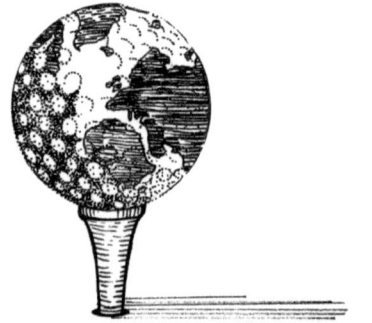

Angekommen an der Costa del Sol, verschlingt mich eine riesige rote Berglandschaft. Das Navigationssystem, deutlich überfordert, leitet mich unfertige Straßen bergauf. Roter Schotter wird durch die Reifen des Wagens aufgewirbelt, als dieser mit letzter Kraft versucht, die steile Auffahrt zu nehmen. Eine Straße nach der Nächsten endet abrupt und Schweiß sammelt sich auf meiner Stirn. Wo soll meine Unterkunft sein? Auf einer der Baustellen? Links, rechts, geradeaus und zurück sehe ich nur verschmutzte gelbe Bagger und Traktoren. Weder das Navigationssystem noch Siri wissen weiter.

Nun gut, frühere Eroberer hatten diese technischen Hilfsmittel auch nicht, also werde ich es auch ohne schaffen. Christopher Kolumbus hat schließlich auch unerwartet Amerika entdeckt, wer weiß, was sich mir hier unverhofft offenbart. Ich krame nach meinen schriftlichen Reiseunterlagen. Aus diesen lässt sich die Schlussfolgerung ziehen, dass ich die nächsten Tage ein Golfresort bewohne. Wo auch sonst könnte man besser ein Mekka für Golfer schaffen als in einer hügeligen, naturbelassenen Gegend, ganz nah an der Küste der Sonne? Etwa eine Stunde und einige Golfclubs später komme ich an meinem Ziel an. Egal wie ich mich drehe und wende, es bietet sich mir nur ein Bild. Golfplätze, kleine weiße Häusergruppierungen, hier und da ein imposanter Golfclub, eingekesselt von roten Bergen. Besucher sind hier sehr rar, aber in einem Clubhaus treffe ich auf meine Landsleute. Ich belausche sie stillschweigend und schmunzle, wie sie sich etwas dekadent über die besten Sportclubs der Welt unterhalten.

Es wird ein ruhiger Aufenthalt im Valle Romano, da ich zu dieser Expertise leider nichts hinzufügen kann. Jetzt versagt auch noch mein Internetzugang und das WIFI hat sich gegen mich verschworen. Christopher Kolumbus entdeckte Amerika und machte mit als einer der Ersten einen Schritt Richtung Globalisierung.

Ich entdecke Esteponas Golfresorts und mache ein paar Tage, abgeschieden von der Außenwelt, einen kurzen Schritt Richtung Regionalisierung.

Gibraltar
die leidenschaftliche Symbiose

Seit 1713 wurde offiziell ein riesiger, mit Affen bewohnter Berg, inklusive ein paar Kilometer ringsherum, von Spanien an die Vereinigten Königreiche abgetreten.
An der spanischen Küste findet sich ein kleines Stück England und hier herrscht reger Verkehr unter der brütenden Hitze Südeuropas.

Die Main Street der kleinen Stadt wirkt wie die New Yorker Wall-Street zu Börsenbeginn.
Nur, dass hier nicht mit Aktien, sondern mit Tabakwaren, Alkohol und Kosmetik steuerfrei gehandelt wird. Unter den Einheimischen und Besuchern der Stadt finden sich Händler, die in einem aufgeregten Spanisch durch Walkie-Talkies Preise durchgeben. Hier wird verglichen, gefeilscht und gehandelt, um dann die erstandenen Güter wieder auf spanischem Boden weiterzuverkaufen.
Die Atmosphäre ist elektrisierend ansteckend. Ich hetze mit den anderen Besuchern von einer Parfümerie in die nächste, um auch meiner Konsumsucht so kostengünstig wie nur möglich nachzukommen.

Dabei hat dieser Berg so viel mehr zu bieten: einige Kilometer höher die Moschee am Europa Punkt, die Tropfsteinhöhle St. Michael's Cave, die Gorham Höhle mit Neandertaler Funden und nicht zuletzt ganz weit oben, die eigentlichen Könige der Stadt: die Berberaffen.

Es ist die Südspitze der iberischen Halbinsel, die mich in der Zukunft immer wieder gedanklich hierhin zurückzieht. An dem Punkt, an welchem der stürmische Atlantik sehnsuchtsvoll wie zwei langersehnte Liebende auf das beschauliche Mittelmeer trifft. An dem Ort, wo der Kontinent Europa dem nur 14 Kilometer entfernten Kontinent Afrika neugierig zuwinkt.

Ich wünschte, der Mensch wäre ein bisschen mehr wie hier die Natur. Unterschiede treffen hier friedlich, manchmal auch leidenschaftlich aufeinander und entwickeln zusammen einer der schönsten Symbiosen.

Granada
mein Dschinn

Verloren in der Hitze der Stadt.
Ich liege bei 39 Grad in einem marokkanisch eingerichteten Appartement namens Habibi, in der Alhambra Granadas auf meinem Bett. Außer Unterwäsche vermag ich hier nichts zu tragen und jede kleinste Bewegung ist eine Bewegung zu viel.

Mit einem Blick aus meinem Fenster auf die rote Festung schweife ich in eine längst vergangene Zeit. Schon im 13. und 14. Jahrhundert, zu Zeiten der Nasriden Dynastie, verloren sich maurische Herrscher in der durchdringenden Hitze. Es ist, als hätten sie ein Stück ihrer Seele auf Ewigkeiten hier zurückgelassen.

Die Gassen der Alhambra sind durchzogen von Gewürzen, hier und da eine Brise einer Shisha oder eines Joints. Bunte orientalische Tücher hängen überall vor den Läden zum Verkauf. Die Nachfahren der Mauren haben hier kleine, dunkle Souvenirgeschäfte eröffnet. Beim Betreten entdecke ich individuelle Basare mit den schönsten funkelnden Mitbringsel.

In der Hitze der Alhambra tauche ich in ein Stück geheimnisvollen Orient, gepaart mit spanischem Temperament. Eine verlockende Leidenschaft entflammt dieser Ort in mir.

In den Abendstunden, wenn die Temperaturen etwas sinken, füllt sich die Stadt mit aufgeweckten Menschen und die leicht abgekühlte Luft trägt eine zelebrierende Stimmung mit sich.
Die Nacht wird hier zum Tag. Die Stadt lebt, es wird gegessen, gearbeitet, gefeiert und gelacht. Und der Tag wird hier zur Nacht, wenn die Straßen menschenleer sind und die Bewohner sich in ihre kleinen Oasen zurückziehen.
Hier geben sie sich in der Hitze dem Traum von Tausend und einer Nacht hin.

Ich verschließe diese Erfahrung wie einen Dschinn in meine imaginäre Öllampe, um ihn immer dann wieder herauszulassen, wenn die Sehnsucht nach fernen Ländern unerträglich wird.

Valencia

505 Kilometer

505 Kilometer...
liegen nun zwischen mir und meinem nächtlichen Boxenstopp.
505 Kilometer...
Autobahn zwischen weiß-gräulichen Bergen.
505 Kilometer...
und weder auf meiner Fahrspur noch auf der Gegenfahrbahn
ein mitreisendes Auto.

Die Strecke zieht sich gespenstisch in die Länge. Meine Sinne
ermüden. Die nächste Raststätte bitte! Oder vielleicht besser
doch nicht?

Die ausgeschilderte Ausfahrt führt mich in die Szenerie eines
Westerns. Ein verlassenes Gebäude mitten in der totstillen
Natur. Der Wind haucht ein verwelktes Blatt an meinen Füßen
vorbei. Etwas starrt mich an.
Eine schwarze Katze mit leuchtenden gelben Augen. Jetzt fehlt
nur noch ein Greifvogel über mir, der hoffnungsvoll auf mein
Ableben wartet. Gut, dass der Tank noch einige Kilometer
reicht, sonst wären die Chancen, dass ich der Natur hier zum
Fraß vorgeworfen werde, groß.

Die Atmosphäre des Weges ist durch die Verlassenheit
beängstigend und erdrückend. Und je mehr ich mir mein Ziel
herbeiwünsche, umso weiter weg erscheint mir meine Ankunft.
Die Strecke saugt Kilometer für Kilometer die Energie aus meinem Körper. Valencia. Es tut mir leid, dieses Mal werde ich nur
eines deiner heimischen Appartements kennenlernen können.

Angekommen, versuche ich die Energieressourcen meiner
selbst wieder aufzufüllen. Eine lange, heiße Dusche, etwas zu
essen und ein paar Stunden Schlaf auf einer Couch.

Bevor mich die Müdigkeit komplett einnimmt, entdecke ich
beim Durchstreifen des Wohnzimmers ein Bild. Der Unterkör-
per einer Frau, bekleidet mit einem roten Kleid und Strapsen,
die sich lasziv in den Schritt fasst.

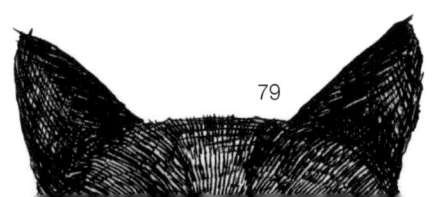

Es ist ein deutschsprachiges Plakat von 2006, welches zu der Ausstellung „Eros in der Kunst der Moderne" nach Basel einlädt.

Der muttersprachige Aushang in einer fremden, spanischen Wohnung zieht mich kurzweilig vor dem Einschlafen gedanklich in die Heimat. Die erste Hälfte meiner Reise neigt sich hier dem Ende zu und was werde ich alles bei meiner Heimreise erzählen können?

Eines definitiv, Routine versetzt keine Berge und ich habe in den letzten Wochen so einige Berge verschoben.

81

Landkarte

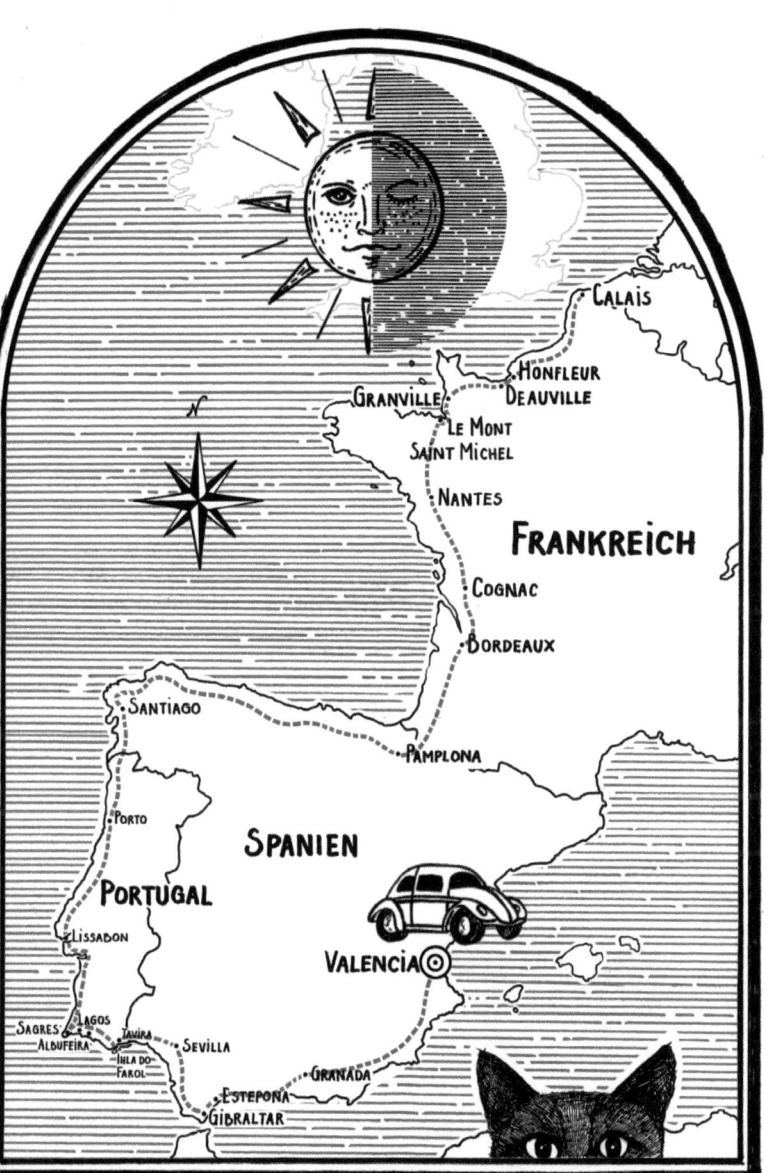

Montpellier

der Feiertag

Montpellier et la Fête Nationale du 14 juillet.
Ein paar Tage vor dem nationalen Feiertag des 14. Julis errei-
che ich Montpellier.
Eine an der Mittelmeerküste gelegene Universitätsstadt, die
zahlreiche historische Monumente aus den verschiedensten
Jahrhunderten beheimatet.

Typische verwinkelte, kleine französische Gassen, geschmückt
mit unterschiedlichsten Gastronomien und Einzelhandelsge-
schäften. Ein perfekter Ort, um meinen Körper wieder in einen
schönen Zustand zu bringen. Nachdem ich in den letzten Wochen Hügel auf und ab gelaufen bin, Strände hoch und runter,
Städte und Örtchen erkundet habe, schreit jeder Zentimeter
von mir nach einer Restauration. Vielleicht ein Friseurbesuch,
ein Hammam oder Pediküre und Maniküre würden hier Abhilfe
verschaffen. Jedoch habe ich den Plan ohne das französische
Volk und ihren Feiertag gemacht.

1789 stürmte Frankreich die Bastille und feiert seitdem den
Volksaufstand. Jedes Jahr zelebrieren die Franzosen mit Mili-
tärparaden, Feuerwerken und Festen die Geschichte des 14.
Julis.

Die Friseure sind ausgebucht, das Hammam ist geschlossen
und die Kosmetikstudios überfüllt. Da hilft auch kein Aufstand
meinerseits, ich liquidiere meinen Plan.

Ziellos lasse ich mich auf Montpellier ein. Ich entdecke eine
wundervolle Bäckerei, der Maître spricht mir mit gebrochenem
Deutsch seine Empfehlungen aus.
In einem kultigen Hip-Hop Geschäft beschenke ich mich selber
mit neuer Kleidung. Auf der Promenade du Peyrou genieße ich
den einmaligen Ausblick auf die Stadt. Nun bin auch ich bereit,
mich voll und ganz den Feierlichkeiten hinzugeben.

Für meine französischen Gastgeber und den Verfechtern einer
friedlichen Welt soll in diesem Jahr der 14. Juli nicht nur ein
Feiertag sein.

Gegen Abend wird die Promenade des Anglais in Nizza, Ort eines schrecklichen Terroranschlages und trifft erneut meine französischen Freunde mitten ins Herz. Sprachlos und geschockt mache ich mich am Morgen des 15. Julis auf in Richtung Côte d'Azur. Kein Terror und kein feiger Anschlag sollen mich davon abhalten, in Nizza auf neue und alte Freunde zu treffen und gemeinsam stark dem Terror die Stirn zu bieten.

Hass resultiert aus Angst und ich stelle mich gegen den Versuch des Terrors, dies in mir auszulösen.

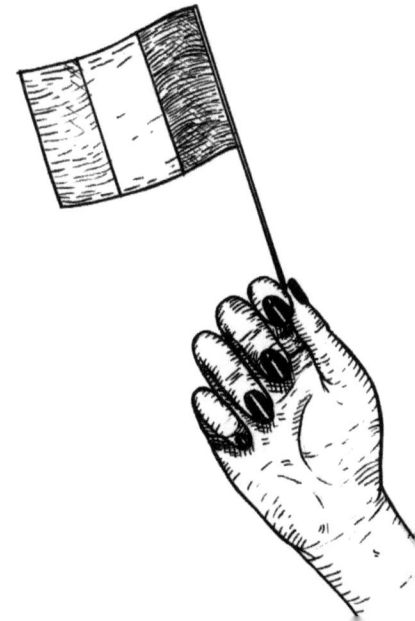

Boulevard Beausite

auf ewig dein

Bitte abbiegen! Es geht bergauf.

Links und rechts ehemalige Paläste, die wie gesetzte Hoheiten einen Blick aufs Meer werfen.
Sie haben Ihr Ziel erreicht! Links von mir öffnet sich ein dunkelgrünes Gittertor und gewährt mir die Einfahrt auf den Fuhrpark einer dieser prachtvollen Residenzen.

Hohe, mit Stuck verzierte Decken und Marmorböden empfangen mich. Breite weiße Marmortreppen geleiten mich hinauf in die vierte und somit vorletzte Etage.

Die alte Holztüre öffnet sich und damit auch ein sechswöchiger Traum. 75 Quadratmeter einer neu eingerichteten Altbauwohnung mit einem unglaublichen Ausblick auf die wunderschöne Côte d'Azur. Auf dem Balkon bietet mir Madame Boulevard Beausite Neuf die Aussicht auf das blaue Meer. Dieses ist besucht von riesigen Luxusdampfern, dekadenten Yachten und kleinen Booten. Direkt unter meinem Balkon befindet sich der imposante und bis ins kleinste Detail arrangierte Privatpark. Mit meterhohen Palmen und zwischen ihnen fliegen kleine, grüne Papageien, die scheinbar eigens für diese Kulisse engagiert worden sind.

Jeden Abend zeigt sich hier ein filmreifer Sonnenuntergang. Zu meiner linken Seite befindet sich das glitzernde Stadtleben von Cannes. Von hieraus wandert die Sonne langsam nach rechts über das Meer. Die Szenerie verfärbt sich spielerisch in ein pastellfarbenes Pink, Rosa, Lila und Blau, bis die Sonne schlussendlich hinter dem leuchtenden purpurroten Esterel Gebirge untergeht.

Sechs Wochen lang bin ich täglich in der Versuchung der Natur einen überschwänglichen Applaus für dieses Meisterstück zu schenken, aber ich möchte meine Nachbarn bei diesem Naturspektakel nicht stören.

Es ist jedoch die Nacht, in der Palais Beausite jede Faser meines Körpers und meiner Sinne einnimmt.

Wenn der laue Sommerwind die Melodie des Stadtlebens von der Croisette bis in mein Schlafzimmer trägt.

Wenn die kleinen Inseln vor der Küste von Cannes in der Ferne anfangen zu funkeln, wie Orte, die darauf warten, erobert zu werden. Wenn das Esterel Gebirge ruhig und behutsam zu mir herüberschaut.

Wenn die Wände der alten Dame, in der ich zu Gast bin, mir leise ihre Geheimnisse anvertrauen, während der strahlende Mond uns hierbei bedächtig beobachtet, dann tauche ich in die wahre Liebe meines Lebens ein: Cannes.

A toi pour toujours, Ellen.

Cannes

die Liebe des Lebens

Die Fürstin der Côte d'Azur lädt 24 Stunden, sieben Tage die Woche und 365 Tage im Jahr zum Glücklichsein ein.

Cannes hat alles, was das Herz begehrt: ruhige Vororte, ein pulsierendes Nachtleben, luxuriöse Einkaufsstraßen, eine zauberhafte Altstadt und tägliche Sonnenaufgänge und Sonnenuntergänge, die man von beeindruckenden Kulissen aus beobachten kann.

Bis ins frühe 19. Jahrhundert war die Stadt ein Fischerdorf. 1830 entdeckte der Adel Cannes für sich und gestaltete mit dekadenten Bauten ein neues Stadtbild. Acht Jahre später wurde die Croisette geboren und somit das Wahrzeichen der Stadt und Treffpunkt der Reichen und Schönen. Prominente und jeder, der etwas auf sich hält, besuchen seit spätestens 1946 Cannes nicht nur zu seinen alljährlichen Filmfestspielen.

Meine Augen erstrahlen von der Schönheit des Ortes. Meine Ohren sind verzückt von den außerordentlich schmeichelnden Worten, die hier gesprochen werden. Meine Nase betört von den reizvollen Düften. Meine Lippen sind süchtig nach dem fruchtigen rosa Wein aus dem Schoße der Region.

Doch auch das Paradies auf Erden hat seine Schattenseiten. Oberflächliche, schnelllebige Bekanntschaften. Verblendender Überfluss, bezahlte Liebe und Süchte, die dich deiner selbst berauben können.

Auch die Liebe deines Lebens solltest du in Maßen genießen, bevor du dich selbst in ihr für immer verläufst.

93

Nizza
lebe Nizza!

Als ich vor Jahren das erste Mal nach Nizza kam, hat dieser Ort mich beeindruckt. Die zweitgrößte Stadt der Côte d'Azur strahlt inmitten des Luxus Bodenständigkeit aus. Ein Großstadttraum der Vielfältigkeit.
Regionale und traditionelle Lokale in der Altstadt mit französischem Charme.

Auf dem Markt schwingt immer ein bisschen Nostalgie mit und erinnert an frühere Zeiten des ehemaligen Fischerdorfes. Hier trifft frisch gefangener Fisch auf blumige Seifen aus Marseille und kultige Vintage Accessoires. Der Place Masséna, ein absolutes Muss für ein Erinnerungsfoto.

Die Stadt summt ununterbrochen vor sich hin. Sie wirkt wie ein eifriges Bienennest. Ruhiger wird es ein wenig weiter oben in den Hügeln von Nizza. Wie oft habe ich von hier aus in den letzten Jahren den Sonnenaufgang und -untergang beobachtet. Oft kehre ich in meinen Gedanken in die Momente zurück, wenn die beleuchtete Stadt sich den Tageszeiten hingibt.

An diesem Ort gibt es unglaublich vieles zu entdecken, wenn man mit ausreichend Wasser und gutem Schuhwerk ausgestattet ist. Um dann am Ende erschöpft, aber mit neuen Eindrücken auf der wundervollen Promenade des Anglais mit einem Glas Rosé und einem Salat Nicoise, den Tag ausklingen zu lassen.

Doch in diesen Tagen ist es anders. Die Grande Dame der Côte d'Azur blutet. Das Wahrzeichen der Stadt wurde der Ort eines Terroranschlags vor einigen Tagen. Nicht nur die Blumen, Kerzen, Plüschtiere oder Plakate machen deutlich, wie tief der Schmerz hier sitzt. Wie der Wind im Nacken, sitzt die Angst den Passanten noch im Rücken. Die Trauer schnürt jedem die Kehle zu und die sonst so gesprächige Stadt wirkt geschwächt.

Die Regierung hat ihre tapfersten Männer auf die Straßen geschickt, um bewaffnet in Uniformen das Gefühl von Sicherheit zu vermitteln. Auf mich wirkt dies leider eher beängstigend.

Aber die alte Dame an der französischen Rivera ist stark und weise. Ihre Bewohner und Besucher halten sich an diesen Tagen fester an den Händen als sonst, um mit ihr zusammen zu weinen und neuen Mut und Hoffnung zu schaffen. Angst ist ein Resultat des Terrors, aber auch Mitgefühl, Liebe und der Wille für Freiheit und Frieden einzustehen. Und das ist stärker als jede Angst!

Vive, Nice!

Île Saint-Honorat
die Sünde

Ich summe Madonnas „Like a prayer" fröhlich vor mich hin, während ich mein blütenweißes Strandkleid rhythmisch über meinen jungfräulich weißen Bikini streife und mich dann auf den Weg zur Île Saint-Honorat mache.
Die knapp sechs Kilometer entfernte Mönchsinsel liegt direkt vor der mit Laster befleckten Küste von Cannes. Mit einer Fähre bin ich in weniger als 30 Minuten vor Ort.

Eine grüne, satte, fruchtbare Vegetation empfängt mich unter der heißen Julihitze. Es blühen verlockende Knospen rund um das kleine, versteckte Kloster. Um 400 gründete Honoratus von Arles die Abtei Lérins, nachdem er von einer Reise aus Ägypten und Syrien zurückgekehrt war.
Inspiriert von dem dortigen Keim des Mönchtums, entschied er sich für ein Eremitenleben auf der Insel. Schnell folgten ihm zahlreiche Anhänger. Das Kloster wuchs rasch heran und aus ihm gingen mehrere Bischöfe hervor. Immer wieder wurde das ruhige, beschauliche Leben der Mönche durch Überfälle gestört und so bauten sie sich zu ihrem Schutz, unter anderem einen Festungsturm. Heute bewohnen noch ca. 30 Mönche die Insel. Sie leben von den köstlichen Früchten der Natur, indem sie selbsthergestellten Wein und Likör zum Verkauf anbieten. Also warum nicht auch einen süßen Tropfen Lérina für mich.

In dem Verkaufsladen der Abtei ernte ich missbilligende Blicke der dort angestellten Damen. Mein strahlend weißes Kleid scheint hier etwas zu viel zur Schau zu stellen. Auch einer der Mönche wirft einen argwöhnischen Blick in den Raum, zu viel verraten hier die leicht transparenten Strandkleider der Besucherinnen. Früher wurde die Insel von tückischen Piraten heimgesucht, heute sind es die weiblichen Rundungen, die bedrohlich wirken.

Und da treffen laszive Blicke die Meinigen. Sündige Gedanken lassen sich hier nun nicht mehr leugnen. Irritiert flüchte ich vor dem keuschen Bewohner dieser Insel aus dem Laden. Bei dieser Bedrohung hilft auch kein Festungsturm.

Versunken in Gedanken kehre ich nach Cannes zurück. Heute ist es nur mein Reiseproviant, welches Sünde in mein Leben bringt... die verbotene Frucht, ein Apfel. Ich koste dieses saftige, rote Stück Frucht und grinse dabei dankbar in mich hinein, dass keiner der Anwesenden auf der Fähre meine Gedanken hören kann. Und wenn doch... hören sie mich sinnlich ein Lied aus den 80ern runterbeten.

Théoule-sur-Mer
und der italienische Hengst

Zehn Kilometer südwestlich von Cannes befindet sich unter dem roten Gestein des Esterel Gebirges, Théoule-sur-Mer.

Das kleine Dörfchen mit knapp 1.600 Einwohnern lädt in das Leben einer südfranzösischen Vorstadt ein. Hier wird geplanscht, gebadet, geschwommen und geschlemmt, während man in einer kleinen Bucht von der Wasserpolizei auf Französisch aufgeklärt wird, wo das Schwimmen an diesem Strand untersagt ist. Die Parkplätze sind, wie fast überall an der Côte d'Azur rar. Die Strandbars hoffnungslos überfüllt und der heiße Sandstrand ist Schauplatz interessanter Geschichten.

Während ich mein Eis genieße, entdecke ich unter der französischen Sonne einen italienischen Vollbluthengst. Seine Weide ist der Strand von Théoule-sur-Mer. Ich schlecke vergnügt an meinem tropfenden Eis. Der dunkel gebräunte Hengst schmückt sich mit einem riesigen goldenen Halfter um den Hals. Rechts und links von ihm liegen zwei attraktive Stuten. Durch die Gläser meiner Sonnenbrille, welche ich zur Tarnung aufgesetzt habe, man weiß ja nicht, wie bissig die hier anwesenden Stuten sind, erspähe ich einen notorischen Zwang des italienischen Prachtexemplars. Die Sonnencreme. Er scheint nicht genug von ihr zu bekommen. Immer wieder schüttelt er kräftig die Flasche, bis er genug Material auf seiner Handfläche hat, um dann wie besessen den Körper seiner Stuten damit zu bearbeiten. Diese lassen sich unbeeindruckt ihren Astralkörper beschmieren und besonders intensiv das Hinterteil durchkneten. Plötzlich betreten zwei junge Silikon Ponys die Bühne. Es wird spannend. Ich schlürfe an meinem Erfrischungsgetränk.

Die Hitze steigt. Der Italiener entdeckt die neu eingetroffenen prallen Heuballen in seinem Revier. Immer wieder sucht er nun das erfrischende Meer auf, um sich mit seinem stolzen Schweif den Weibchen zu präsentieren. Ich verschlucke mich fast an meinem Sandwich, als ich beobachte, wie eingeschüchtert die Ponys vor ihm aus dem Wasser flüchten.

Ein Tag am Meer mit der richtigen 3D-Brille ausgestattet, ist manchmal besser als jeder Blockbuster!

Villa Rothschild
die rote Königin

Sieben Jahre dauerten die Bauarbeiten unter der Aufsicht von Baronesse Béatrice de Rothschild an, um die Villa Ephrussi de Rothschild inklusive der sieben Hektar Land in ein Wunderland zu verwandeln.

Eine Stunde Fahrtzeit mit dem Auto von meiner Residenz in Cannes benötige ich nun, um unverhofft in das Hasenloch zu fallen, dem ich in Calais noch ausgewichen bin.
Eine hellrote Luxusvilla, erbaut an der schmalsten Stelle der Halbinsel, bei Saint-Jean-Cap-Ferrat.
Ich betrete das bezaubernde Renaissance Gebäude und komme von einem Zimmer in das nächste immer wieder erneut ins Staunen.

Die ehemalige Herrin war eine Liebhaberin der Belle Époque und die Einrichtung ähnelt einer Kunstausstellung. Die Aussicht aus den Fenstern bietet den Blick auf das Meer und das Gebirge.
Der blaue Himmel verleiht diesem Ort seinen strahlenden Glanz. Ich mache mich auf den Weg, das Grundstück der Villa zu erforschen.

Nun purzle ich mit unzähligen Überschlägen in den schönsten Garten, den ich je erblickt habe. Mir ist nicht nur schwindelig von den ganzen Drehungen, die ich hier mache, die Natur erblüht hier in ihrem schönsten Ausdruck und mit ihr meine Pupillen.
Die Landschaftsarchitekten Achille Duchêne und Harald Peto konzipierten einen Garten in der Form eines Schiffes.
Ich verlaufe mich in den neun verschiedenen Themengärten.
Sie wurden nach der Inspiration einer Reise oder Ereignissen der Baronin angelegt. Ein Schritt versetzt mich in einen französischen Garten im Lapidarstil. Der Nächste in einen japanischen. Ich stolpere hypnotisiert in einen Steingarten, danach in einen provenzalischen Garten. Ich folge wie paralysiert, ohne eigenen Willen, einem weißen Hasen.

Und plötzlich erscheinen mir Bilder aus den Jahren um 1912.

Béatrice, die rote Königin, streift durch ihre Gärten, um unter einem aufmerksamen Blick die 30 angestellten Gärtner, die wie Matrosen gekleidet sind, bei ihrer Arbeit zu motivieren.

Ich vernehme immer wieder eine Symphonie, die im Einklang mit den tanzenden Wasserfontänen für eine einzigartige Atmosphäre sorgen.
Die rote Königin hat ihre Karten richtig gespielt. Jeder, der sich in ihrem Anwesen verläuft, verliert vor lauter Schönheit und Prunk seinen Kopf. Erleichtert laufe ich in den Garten des hauseigenen Cafés, wo einige Hutmacher, der weiße Hase, aufgeweckte Haselmäuse und eine tückische Grinsekatze sitzen.

Am Ausgang pustet eine rauchende Raupe in meine Richtung: „Aber Liebes, das ist nicht das Wunderland und du bist nicht Ellen."

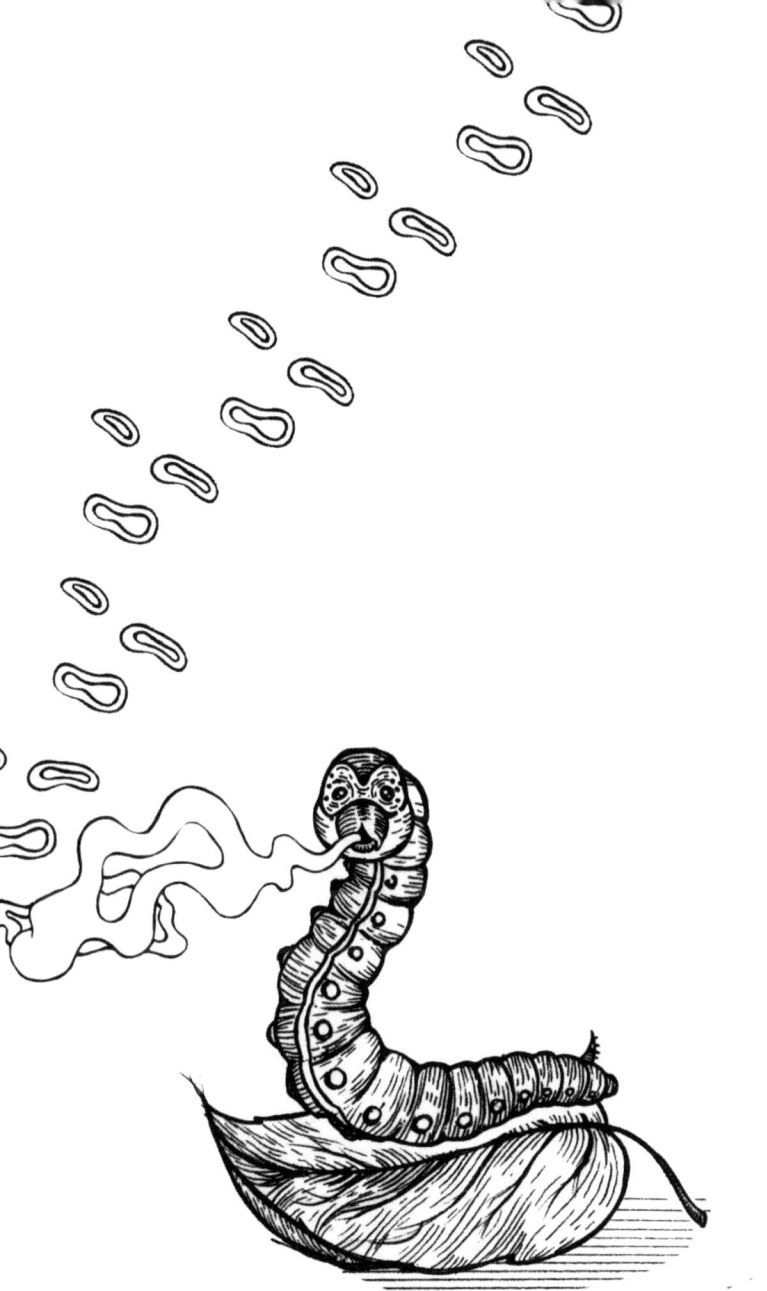

Saint-Jean-Cap-Ferrat

30.300 Euro gratis

Im Süden nichts Neues.

Bei jedem Besuch der Côte d'Azur führt es mich mindestens
einmal nach Saint-Jean, an das Cap der Halbinsel.
Gott muss mit der Liebe zum Surrealismus, wie ein Maler, diesen Ort mit tausenden kleinen Pinselstrichen erschaffen haben.
Egal wie oft ich hierher finde, dieser Ort verändert sich nicht.
Jedes Jahr beschenkt mich Saint-Jean-Cap-Ferrat mit den
gleichen unwirklichen Eindrücken.

Das Gebirge umkreist wie ein aufgestelltes Pappmaché die
kleinen steinigen Buchten. Das Meer verläuft von einem hellen
Türkis an der Küste zu einem tiefen Blau. Der ganze Ort sprießt
grüne, bunt blühende Gewächse hervor.
Immer gut besucht, mit sündhaft teuren Autos oder mit weißen
Segelyachten. Hunde, die mit einer Sonnenbrille auf dem
Kopf in einer Luxustasche mit ihren Frauchen auf einem Roller
spazieren fahren. Viele internationale Millionäre machen Saint-
Jean-Cap-Ferrat zu ihrem Urlaubsziel. Und es muss unter an-
derem die unveränderte surrealistische Kulisse sein, welches
laut einer Studie Saint-Jean-Cap-Ferrat zum teuersten Ort der
Welt macht. 30.300 Euro kostet hier ein Quadratmeter Boden.

Auf einem Steg, der ins Meer führt, fühle ich mich wie der
reichste Erdbewohner des Planeten, der den teuersten Boden
der Welt betritt und die Faszination der einzigartigen Szenerie
ganz gratis in sich aufnimmt.

Èze
und der vergangene Sommer

L'ÉTÉ DERNIER

Den deutschen Philosophen Friedrich Nietzsche zog es während seiner kreativen Phasen immer wieder nach Èze.

Èze ist eine kleine Gemeinde, die an einer Steilküste zwischen Nizza und Monaco liegt. Nietzsche schrieb oft in seinen Briefen über die Schönheit des Ortes und fand hier Inspiration zu seinem Werk „Also sprach Zarathustra".
Heute erinnert noch der Wanderweg Sentier-Friedrich Nietzsche an seine Aufenthalte. Den Philosophen zogen die visuellen Momente an diesen Ort, mich jedes Mal die olfaktorischen Momente.

An der mittleren Küstenstraße ist in Èze Village eine Zweigstelle der Parfümerie Galimard.
1747 gründete der Graf von Seranon Jean de Galimard in Grasse seine erste Parfümerie, in der er Düfte aus den Rohstoffen der Region herstellte. Für mich, als wahre Liebhaberin von Duftkompositionen, jedes Mal eine Sinnesfreude. Der Geruchssinn des Menschen ist für viele zahlreiche Entscheidungen verantwortlich und der kürzeste Weg zum Gedächtnis.
Immer wieder schnuppere ich an Düften aus meiner persönlichen Vergangenheit und tauche somit in gelebte Emotionen, besuchte Orte, vergangene Ereignisse oder treffe auf alte Bekannte.
Ich lasse mich von einer reizenden Verkäuferin durch die Neuheiten der letzten zwei Jahre führen. Bis ich bei einem Duft stehen bleibe: Orangenblüte, Bergamotte und Ylang-Ylang treffen auf die Iris und Tuberose. Abrundung findet der Duft durch die verführerische Vanille und das langlebige Sandelholzaroma. Die Parfümerie selbst beschreibt den Duft als eine sonnige Komposition, die an weichen Sand und sanften Brisen ferner Strände erinnert... ein Wärme ausstrahlendes Parfüm.

Nicht nur der Duft und seine Beschreibung treffen die Stimmung meiner letzten Wochen. Es ist auch der Name des Parfüms, welcher mich immer an meine Reise erinnern wird. Egal wann ich den Flakon aus meinem heimischen Schrank holen werde, um einen Stoß Erinnerung zu versprühen, tauche ich in die Emotionen des *L'ÉTÉ DERNIER.*

Juan-les-Pins

flüstert deinen Namen

Strahlend blauer Himmel und eine bunte Küstenstraße voller Beachclubs liegen vor mir.
Grüner hochgewachsener Bambus, ein paar exotische pinke Blüten und ganz versteckt eine kleine grün-gelbe Holztüre. Ich schiebe die Türe auf und tänzle mit meiner Strandtasche ein paar Steinstufen hinunter.

Ich stehe in einem kleinen Dschungel. Überall Äste, bunt bemalte Holzmöbel und ein großer weißer Gorilla mit einer Blumenkette um den Hals in einer Ecke. Über mir züngelnde Schlangen und ein Affe mit grünem Sonnenhut an der Rezeption. Das einzige Tier, was hier nicht aus Plüsch ist, ist eine weiße französische Bulldogge, die ein Schläfchen unter einer der Holzbänke hält. Eine Schaukel hier, eine Hängematte da und eine blau verzierte Gießkanne aufgehängt, fungiert als Stranddusche. Auf dem Weg zum Wasser fällt der Sand etwas ab, sodass die Holzliegen mit ihren orangen Bezügen eine hervorragende Liegeposition für einen perfekten Ausblick auf das klare Nass vor mir bieten.

Die Sonne streichelt jeden Zentimeter des Körpers. Die fruchtigen Cocktails verwöhnen den Gaumen. Die Wassertemperatur erinnert an eine lauwarme Badewanne und aus den kleinen Lautsprechern schallt ein fröhlicher hawaiianischer Rhythmus der Gruppe Maoli. Ich flüstere immer wieder leise „juuuaaann lees piiiins" dazu vor mich hin…

Ich wippe im Takt hin und her. In diesem Moment ist mein kleines Universum bis in das minimalistischste Detail im Einklang. Alles fließt. Glück durchströmt meinen Körper. Zarte Schmetterlinge schwirren in meinem Bauch. Ich lächele in die Ferne des Ozeans. Meine Gedanken folgen der Lyrik des Liedes und ich schwelge in einen träumerischen Zustand.

Bei Sonnenuntergang erleuchten die kleinen Lämpchen, die um die Stadtpalmen geschwungen sind, die Straßen. Es duftet nach frischen Crêpes und süßen Waffeln. Das Städtchen füllt sich mit Menschen in luftiger Sommer-Abendgarderobe.

Auf dem Markt, entlang der Promenade am Strand glitzern die Waren. Samtige Traumfänger, kreativer Schmuck, gemusterte Strandtücher...

Die Geschäfte in Juan-les-Pins sind bis spät in die Nacht geöffnet. Durch die Schaufenster erspähe ich überall weiße Kleider, die mit bunten Hippiemustern verziert sind. Die Stadt hat ihren eigenen Stil, den sie konsequent in jedem Laden durchsetzt.

Überall wird geschlemmt, gelacht, geshoppt, gestöbert, geflirtet. Die Leichtigkeit nimmt hier jeden ein und verwandelt ein Stück Frankreich in einen Südseetraum mit einer Brise Ibiza in der Luft. Wer lässt sich nicht gerne mehr als einmal von Juan-les-Pins auf so charmante Weise verführen.

... wenn die Stadt mal wieder deinen Namen flüstert...
mhhhmhhhmhhhmhhh... juuuuuuaaaaannnn leeeeeessss piiiinnnsssss

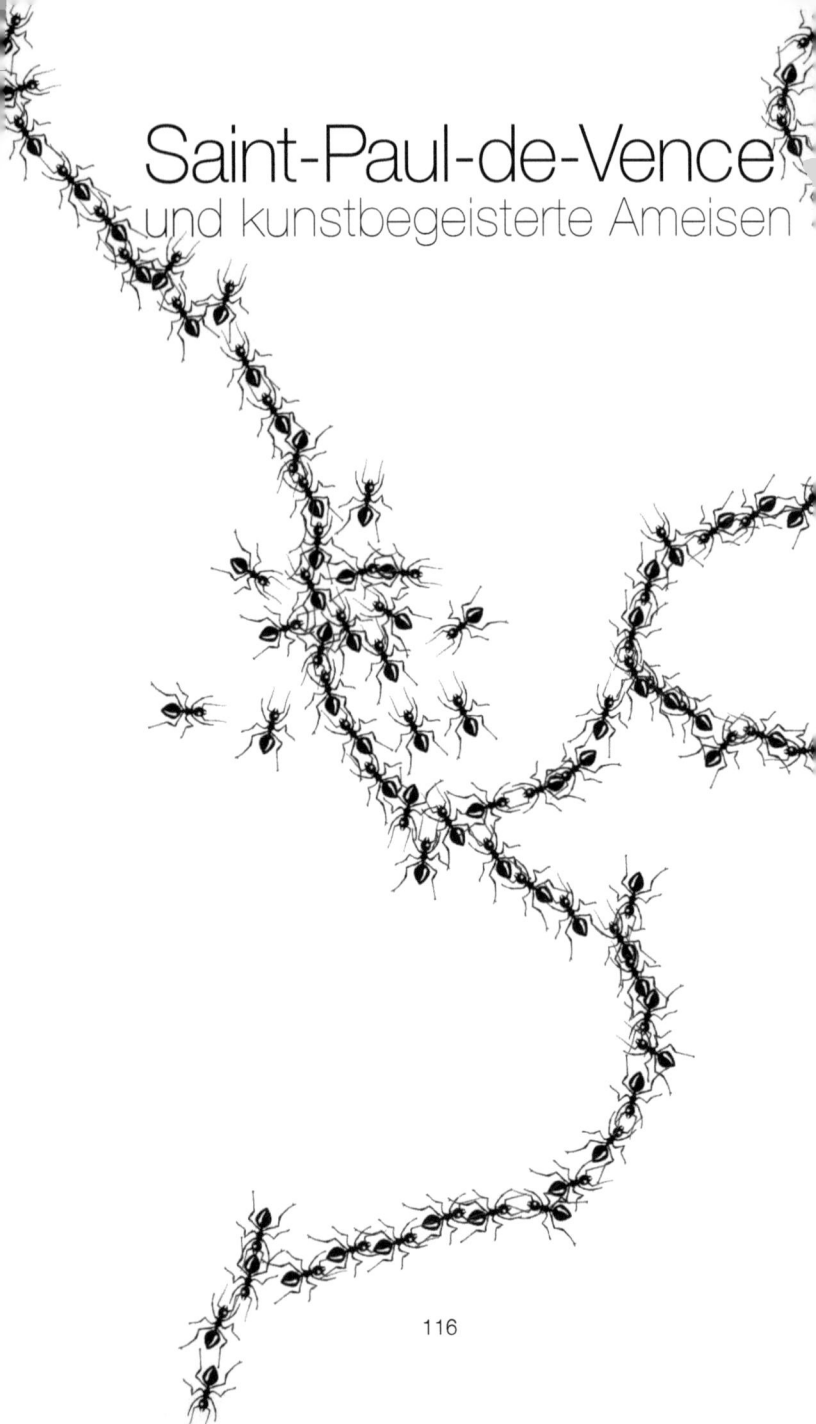

Saint-Paul-de-Vence

und kunstbegeisterte Ameisen

Schwindelerregende Serpentinen, zahlreiche Kreisverkehre und provenzalische Dörfchen lasse ich hinter mir auf dem Weg nach Saint-Paul-de-Vence.

Das mittelalterliche Dorf mit den schönsten Blicken auf die Fauna zog in seiner Geschichte immer wieder Künstler in seinen Bann. Auf den Spuren von Marc Chagall passiere ich vor dem Eingang des Dorfes einen großen Platz. Es wird Boule gespielt und ich muss aufpassen, dass meine Füße nicht von einer Kugel getroffen werden.

Am Rand des Platzes liegen gut besuchte Cafés. Von hier aus wird das sportliche Treiben mit Plaudereien bei einem Tässchen Kaffee und Kuchen begutachtet. Ein paar steile Meter höher betrete ich die Altstadt. Wie Ameisen sind hier die Kunstpilger mit ihren Kameras und Handys unterwegs. An jeder Ecke wird ein Bild geschossen. Geballte Kunst zwischen kleinen mittelalterlichen Gassen. Die Besucher sind aber leider nicht so organisiert wie eine Ameisenkolonie. Sie laufen wirr hin und her. Vor und wieder zurück. Hier und da schnappt sich einer ein Kunstobjekt, um es stolz mit nach Hause zu tragen.

Das wirre Treiben findet seinen Höhepunkt an einem Aussichtsplatz. Hier stapeln sich die Insekten, um einen Blick auf die unteren Städtchen zu werfen. Besonders eng wird es an der Stelle, an der man die Sicht auf den Friedhof mit dem Grab von Marc Chagall hat. Mich besonnen der Kunst hinzugeben, fällt mir schwer, zu aufgedreht sind meine Mitpilger. So entschließe ich mich rasch ein paar flüchtige Bilder zu schießen, um diese später bei einem kühlen Eiscafé auf meinem Balkon auf mich wirken zu lassen.

Ich durchstreife meine Schnappschüsse. Ich entdecke offensive Kunst, versteckte Kunst, ungewollte Kunst und die Kunst des Augenblicks. Nun entsinne ich mich eines Zitates von Edgar Degas[1]: „Kunst ist nicht, was du siehst, sondern was du andere sehen lässt." Saint-Paul-de-Vence, ein Künstlerstädtchen im künstlerischen Verkaufsrausch. Überfüllt mit eifrigen Kunstsammlern und lebendigen Künstlern, die sich darauf verstehen, dich Kunst sehen zu lassen.

1 Edgar Degas 19. Juli 1834 - 27. September 1917 französischer Maler und Bildhauer

Sanremo
ein nasser Fehltritt

Langsam fühlt sich Südfrankreich für mich auch fast schon zu heimisch an, dass es mich in ein anderes Land zieht.

87 Kilometer später kann ich mein Fernweh schon etwas stillen. Eine andere Sprache, Sitten, Essen und Konsumgüter erwarten mich in Sanremo. Erwartungsvoll streife ich durch die la Pigna, die Altstadt des Ortes, mit dem Willen, ein paar italienische Köstlichkeiten in meine Tasche zu packen.

Da verspüre ich nach Wochen das erste Mal einen eiskalten Windzug im Rücken. Gänsehaut durchströmt meinen Körper. Der Blick in den Himmel verheißt nichts Gutes. Es ziehen dunkle Wolken über Bella Italia auf. Wieder ein Windzug, diesmal frontal in mein Gesicht. Das luftige Element streift von einer Häuserecke um die nächste, als würden flinke Geister Fangen spielen.
Mir wird kalt und meine Hoffnung, dass es nur ein kurzes Spiel wird, zerplatzt, als ich erste Blitze über mir wahrnehme.

Mittlerweile bin ich am Strand angekommen und die Szenerie wird schaurig. Einen heißen Kakao, ein wärmendes Kaminfeuer und eine Kuscheldecke bitte. Das möchte ich mir eigentlich lieber von einem sicheren Ort und von Weitem anschauen. Aber nein, kein Restaurant oder Café in der Nähe. Es kracht über mir. Die Windgeister spielen Fangen und alte römische Götter entladen ihre Wut Richtung Erdball. Der blaue Himmelsvorhang wird verhängt von dunklen Wolken. Das Meer braust und tobt, die Wellen schlagen gegen die Felsen.

Meine Schritte Richtung Innenstadt werden mit jedem Zucken, ausgelöst durch die Blitze, schneller. Endlich ein überdachtes Straßencafé. In dem Moment, wo ich Platz nehme, platzt der Regen auf die Straßen Sanremos. Wer bis jetzt keine Überdachung gefunden hat, kann sich die heutige Dusche ersparen. Der Kellner findet kaum den Weg von dem Café zu meinem überdachten Sitzplatz. Riesige Tropfen fallen ununterbrochen auf die Erde, sodass sich auf dem Bürgersteig kleine Flüsschen bilden. Bibbernd beobachte ich klatschnasse Passanten auf der Suche nach Unterkünften und Regenschirmen.

Ihre Kleider und Haare triefen bereits, da hilft meines Erachtens nur noch ein Handtuch und ein Föhn.

Als der Regen etwas nachlässt, jogge ich zum Auto, um meine Rückreise nach Frankreich anzutreten. Im Kopf bastele ich mir eine Ausrede zusammen. Wie konnte ich der Liebe meines Lebens nur für den Kick einiger Stunden fremdgehen?

Ich hoffe, Frankreich empfängt mich trotz meines kurzen Fehltritts wieder mit sonnigen, warmen Armen.

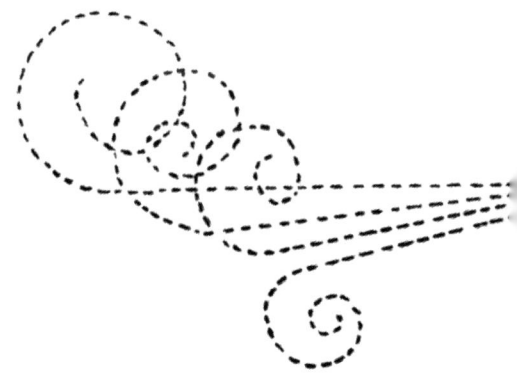

Ventimiglia
der delikate Moment

In Gedanken schon wieder fast im heimischen Cannes, taucht auf der Autobahn die Ausfahrt Ventimiglia auf und mit ihr meine Hoffnung, noch eine kleine, süße, kurze Affäre mit Italien zu wagen.

Hier sieht es bereits freundlicher aus, jedoch sind die Strandbars und Restaurants noch oder wieder geschlossen. Ich begnüge mich mit einem heiß geliebten Cornetto Crema zum Mitnehmen aus einer typisch italienischen Café-Bar.

Auf dem Rückweg beiße ich in das weiche, italienische Gebäck, bis der süße Vanillepudding aus allen Seiten herausquillt. Ich freue mich, dass ich, wenn auch nur kurz, doch noch einen delikaten italienischen Moment gefunden habe!

Buon appetito, carissima!

Fréjus
die Liebe zum Basilikum

An einen Samstagvormittag im Sommer einen Strand in Fréjus aufzusuchen, grenzt an Wahnsinn.
Überall Stau in der Innenstadt. Ein freier Parkplatz ähnelt einem Weltwunder. Am Strand sieht man keinen Sand mehr, da Menschen so dicht beieinanderliegen wie Sardinen in einer Fischdose.

Nach ein paar kriechenden Runden mit dem Auto verliere ich die Geduld und Lust auf Fréjus. Das Einzige, was mich hier noch zum Aussteigen bewegt, ist meine übervolle Blase. Am Hafen findet sich eine freie Lücke und Erleichterung widerfährt meinem angespannten Körper. Der bunt bemalte Hafen bewegt mich doch noch, meine Beine etwas in Fréjus zu vertreten.
Kleine Lokale und Supermärkte sind hier angesiedelt. Aber nichts spricht mich an.
Zu sehr hatte ich mich auf einen entspannten Strandtag in Fréjus gefreut.

Auf dem Weg zum Auto nimmt meine Nase einen frischen grünen und würzigen Duft wahr. Ich drehe mich hin und her, bis ich sehen kann, was seine Lockstoffe in meine Richtung ausgesandt hat.
Die größten und wunderschönsten Basilikumpflanzen. Angezogen von den überdimensionalen großen Blättern, laufe ich in das duftende grüne Feld und versinke meine Nase darin.
Ein Atemzug nach dem nächsten inhaliere ich den Sinnes benebelnden Duft ein, sodass ich auf meiner Zunge schon die Intensität des Geschmacks verspüre.

Ich sehe Mozzarella vor mir, Schafskäse, Balsamico, Pasta in Tomatensoße, Avocados, eine Fischpfanne, Mangos, Gemüse in einer Weißweinsoße...
Es nimmt kein Ende, ich muss es haben! Ich fische mir das prächtigste Exemplar heraus und wie sollte es anders sein, stehe ich an einer meterlangen Schlange an, um mein Basilikum zu kaufen. In freudiger Erwartung, mit meiner neuen Pflanze im Arm, geht es in den nächsten größeren Supermarkt, um Zutaten für meine Paarungsrituale zu besorgen.

In den nächsten Tagen zupfe ich Blatt für Blatt meines Basilikums, um immer wieder neue Kompositionen für die Befriedigung meiner Gelüste zu kreieren.

Wenn ein Plan nicht aufgeht, erkenne ich manchmal erst im Nachhinein den Sinn dahinter. Auch wenn es nur die Entdeckung des schönsten Basilikums ist, was ich je gesehen, geduftet und gekostet habe!

Pointe du Cap Roux

tiefe Reflexion

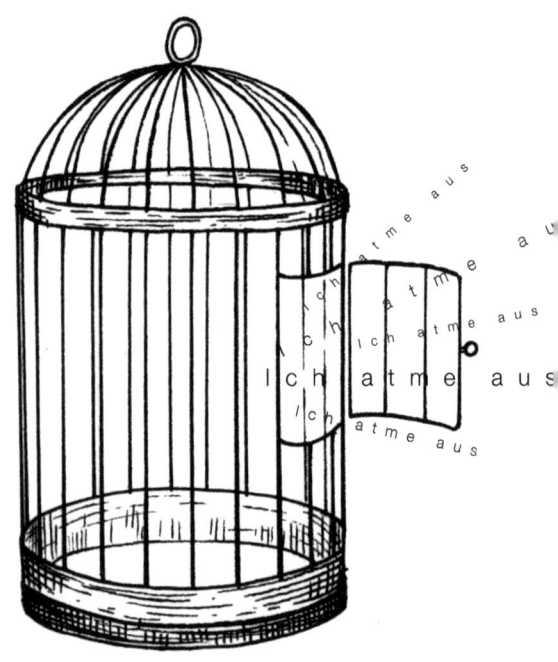

Eine Fahrt durch das Esterel Gebirge könnte für mich Tage andauern.
Leuchtendes rotes Gestein. Klippen und Felsabhänge, die auf das blaue Meer hinweisen. Eine unbeschreibliche Gelassenheit.

Am Aussichtspunkt Pointe du Cap Roux lasse ich mich von dieser Gelassenheit der Umgebung einnehmen.
Mit jedem Atemzug wandele ich die Luft beim Ein- und Ausatmen in eine tiefe Reflexion der letzten Wochen um.

Ich atme ein... Befürchtungen haben sich teils bewahrheitet, waren aber nicht so schlimm wie erwartet. Andere wiederum waren umsonst.
Ängste habe ich durchgestanden und in Mut umgewandelt. Erwartungen wurden übertroffen oder auch nicht erfüllt.

Aus Schmerzen wurden Muskeln. Aus Tränen wurde Hoffnung. Sehnsüchte wurden gestillt und dafür neue geweckt. Die Sucht nach dem Unbekannten ist ein Teil meiner selbst. Der Drang nach Freiheit größer als je zu vor. Noch nie war ich mehr ich selbst und konnte gesellschaftliche Konventionen, ohne schlechtes Gewissen den Rücken zu wenden.

Ich bin zufrieden. Beseelt mit unzähligen Eindrücken. Ich bin glücklich. Ich will mehr davon.

Ich atme aus.

Île Sainte-Marguerite

ich habe eine Wassermelone
getragen

Trockene Stöckchen knacken unter meinen Sohlen. Mit jedem Schritt wirbele ich mit meinen Sandalen den Sand um mich herum auf. Am Wasser entlang ist es felsig. Der Fleck Natur inmitten des Meeres wirkt durstig. Die Hitze steht.

Ich habe das Gefühl, dass egal was ich hier anfasse, zu Staub zerfallen wird. Ich habe es mir zum Ziel gemacht, egal was kommt, ich werde heute diese Insel einmal am Ufer entlang ablaufen.

Die Grillen zirpen. Die knisternde Natur spendet hier und da etwas Schatten über mir.
Ich kämpfe mit meinem Durchhaltevermögen, wenn sich links von mir eine Möglichkeit bietet, eine Abkürzung zum Ziel einzuschlagen. Der Sand hat sich um meine Füße und Beine gelegt. Es juckt mich nun vor Trockenheit, als würde die Insel versuchen, mich in ihren Besitz zu nehmen. Mein Körper wird schwer. Meine Strandtasche mit meinem Proviant zieht mich nach unten.
Mein Geist dämmert vor sich hin… Wie oft hast du aufgegeben? Wie oft bist du umgekehrt? Wie oft wolltest du einfach nur im Boden versinken? Wie oft wolltest du dich verstecken? Wie oft bist du einen Schritt zurück statt vor? Ich mache eine kurze Pause, um mich zu stärken.

Ein Tomaten-Mozzarella Baguette, eine lauwarme Limonade und eine Wassermelone.

Eine Wassermelone… Ich habe eine Wassermelone getragen. Île Sainte-Marguerite ist heute wie eine Herausforderung im Leben. Manchmal bist du müde und erschöpft. Manchmal trittst du auf der Stelle. Ein anderes Mal möchtest du einfach nur weglaufen oder einen anderen Weg einschlagen, weil das Ziel zu schwer zu erreichen ist. Aber ich spüre, wie im Leben so auch auf dieser Insel, wenn ich mir etwas fest vorgenommen habe, sollte ich es mit allen Konsequenzen durchziehen. Auch wenn ich mich am Ende des Tages wie Francis „Baby" Houseman fühle.

Auch sie hat zunächst nur eine Wassermelone getragen und wollte mit ihr im Boden versinken.
Schlussendlich war die Wassermelone ihr Weg zum Glück.
So setze ich meine Wanderung um die Insel fort. In der Bewegung liegt die Kraft.

Mit jedem noch so ermüdenden Schritt komme ich meinem Ziel näher. Mein Geist wird wieder klarer und ich enthusiastischer. Nach 15 Kilometern habe ich mein Ziel erreicht. Ich springe unter die Dusche und formuliere die Erkenntnis meines heutigen Tages: Reisen ist meine Therapie. Feuert eure Therapeuten und begebt euch auf eine Reise!

Aber vergesst eure Wassermelonen nicht!

Grasse

immer der Nase nach

Immer der Nase nach…
Ich befinde mich nordwestlich von Cannes auf der Route Napoleon, die nach Grasse führt. Eine kleine provenzalische Stadt im Hinterland der Côte d'Azur.
Historisches Flair umgeben von Blumenfeldern. Das Klima begattet den ertragreichen Boden schon seit Jahrhunderten und macht durch seine Früchte, die aus dieser Liaison entstehen, diesen Ort zur weltweiten Parfüm Metropole.
Große Duftkreateure und Modeschöpfer lassen sich immer wieder durch Grasse neu inspirieren. Sie wandeln durch die Altstadt, streifen durch die Gassen und lassen ihrer Nase in den Feldern und den Gärten ringsherum freien Lauf.

Ich spaziere mit Touristen durch die Altstadt. Hier duftende Seifen, dort getrocknete Lavendelsträuße oder süßer Honig aus der Region und Parfüm, Parfüm, Parfüm.
Drei große Dufthersteller haben hier ihren Sitz und locken mit Kreationen, welche exklusiv nur vor Ort gekauft werden können. Ich wandle fast benebelt von einem Flakon zum nächsten und schmunzele bei jeder Wiedererkennung eines handelsüblichen Klassikers.
Alte Phiolen, verzierte Flakons, antike Destilliergeräte und bunte Rohstoff-Landkarten gewähren den Besuchern einen Einblick in die betörende Welt des olfaktorischen Sinns.
Für 30 ml reiner Rosenessenz wird per Hand ein ganzes Feld in Grasse gepflückt, um später in einer Affäre mit anderen Komponenten, Tropfen für Tropfen und Sprühstoß für Sprühstoß auf die warme, menschliche Haut zu gelangen. Jeglicher duftige Nebel eines Parfüms verschmilzt mit dem Körper, um unsere Sinne zu schärfen, zu betören, zu erwecken, aber auch um sie zu täuschen.

Ich entscheide mich heute für keinen Duft aus Grasse. Ich kann dich nicht riechen.
Während ich weiter über das Kopfsteinpflaster laufe und meine Nase einfach nur noch eine Pause verlangt, folge ich diesem Gedanken. Ich kann dich nicht riechen. Ich kann dich nicht riechen, eine nett verpackte Ansage für: Ich kann dich nicht leiden.

Aber magst du mich nicht oder meinen Duft? Wie ist eigentlich mein körpereigener Duft? Welche Menschen würde ich mit ihm anziehen und welche abstoßen?
Sind meine Parfüms verantwortlich für meine missglückten Beziehungen? Da ich durch Vortäuschung falscher Tatsachen Menschen angelockt habe, die eigentlich gar nicht zu mir passen und das aufgrund von Vanille, Rose, Patschuli, Iris, Sandelholz, Ylang-Ylang...?

Patrick Süskind ließ in seinem Bestseller Roman „Das Parfum - Geschichte eines Mörders" seinen Protagonisten Jean-Baptiste Grenouille durch Frankreich ziehen, auf der Suche nach außergewöhnlich duftenden Substanzen.
Seinen Lieblingsrohstoff fand er schlussendlich in Grasse. Jedoch war dies nicht ein klassisch duftendes Element, wie eine seltene Pflanzenart zum Beispiel.
Es war der körpereigene Duft einer jungen Frau, der ihn so einnahm, dass er zum Mörder wurde, um aus ihr ein duftendes Meisterwerk zu schaffen.
Das Ergebnis seiner Arbeit trägt er bei seiner Rückkehr nach Paris, überdosiert auf seinem Körper und wird selber Opfer dieses berauschenden Duftes. Die Menschen um ihn herum sind so überwältigt von dem Parfüm, dass sie ihn zerreißen. Jeder will ein Stück von dieser Sinneserfahrung besitzen.

An einem Aussichtspunkt schweift mein Blick über das Städtchen, welches vielleicht ganz ungewollt für Entscheidungen in unserem Leben mit verantwortlich ist. Wer weiß schon, wie oft uns ein kreierter Duft getäuscht hat.

Für mich wird jedoch nun eins deutlich: Erkennst du den wahren Duft eines Menschen, kann dieser die größte Sucht sein, der du je verfallen kannst.

Île de Porquerolles

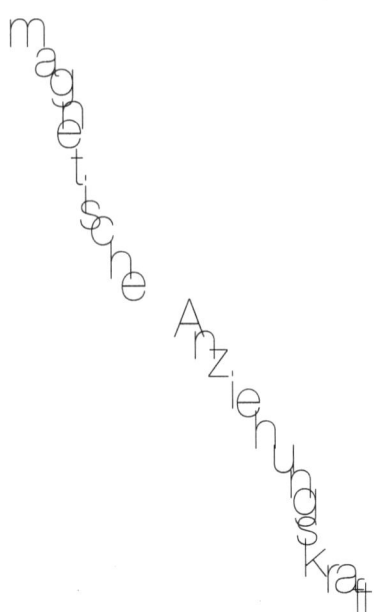

magnetische Anziehungskraft

Es gibt diese Orte, die scheinen wie Magnete auf die Erdbewohner zu wirken. Menschen pilgern wie hypnotisiert zum
gleichen Punkt, als würden sie dort eine lang ersehnte Erleuch-
tung zu all ihren Fragen erfahren. Am Straßenrand, von Hyères
bis zur Ablegestation zu den Îles d'Or, parkt ein Auto ganz im
französischen Stil, kuschelig nah an das nächste, sodass kaum
ein Blatt Papier Platz dazwischen findet.

Fast schon fünf Wochen bin ich nun an der Côte d'Azur und
habe mich schon an die nervenaufreibende Suche nach viel
zu kleinen und teuren Parkplätzen gewöhnt. Den Höhepunkt
meiner Suche erfahre ich nun hier. Ich weiß nicht, wie viel Zeit
vergeht, bis mein Körper vor Unterzuckerung mich zum Aufge-
ben zwingt.

Der erste freie Parkplatz in Hyères vor einem Restaurant gehört
mir. Wie viel Energie bei dieser Suche geschwunden ist, merke
ich beim Verlassen des Wagens.
Mein Körper zittert. Im Restaurant serviert mir ein Kellner
unverzüglich eine Stärkung. Eigentlich möchte ich nun nur
noch zurück auf den Balkon in der Boulevard Beausite und
darauf warten, dass die Sonne mir wieder ihren spektakulären
Untergang präsentiert, um dann meinen ermüdeten Körper in
meinem Bett einzugraben. Doch da ist ja noch diese Insel. Und
meine Neugierde auf ihre magnetische Anziehungskraft.

Ein zweiter Versuch und wie eine Vorbestimmung wartet ein
freier Platz ganz nah am Hafen auf mich.
Ich kaufe mir ein überteuertes Ticket und laufe durch einen Me-
talldetektor, lasse meine Tasche von einem Sicherheitsservice
kontrollieren und quetsche mich mit anderen Neugierigen auf
eine Fähre, die uns zur größten Insel von Hyères befördert.

Île de Porquerolles. Dort angekommen, erwartet mich das Bild
wie bei einer Völkerwanderung. Menschenmengen mit Ruck-
säcken auf ihren Schultern, ein Kind an der einen Hand, in
der anderen eine Landkarte, Handy oder eine Erfrischung. Ich
laufe vertrauenswürdig der Herde hinterher...

Überfüllte Cafés, gestresste Kellner in den Restaurants. Klingelnde Fahrradfahrer, welche die wandernden Passanten auseinandertreiben. Kreischende Kinder, überforderte Eltern, unzufrieden wirkende Pärchen, klimpernde Souvenirgeschäfte und Menschenschlangen vor kleinen Eisstationen...

Mein Zeitgefühl schwindet wieder. Ich laufe mit den anderen Besuchern hin und her. Plötzlich befinde ich mich auf einem Platz einer kleinen Kirche oder eines Rathauses... Ich laufe weiter.
Schilder aus Holz versuchen mich zu einem Strand zu navigieren, aber ich laufe nur kleine, sandige, waldähnliche Wege...
Ich habe das Gefühl, ich wandere ununterbrochen im Kreis.
Mein Blick wird dämmerig. In meinem Kopf dreht sich alles. Ich vernehme nicht mehr einzelne Geräusche, alles verschmilzt in einen lauten, unangenehmen Schall.
Wo ist die nächste Ausfahrt?

In diesem Fall der Hafen. Hier zurück angekommen, sehe ich die Ursache dieses ganzen Übels. Eine Fähre nach der Nächsten und Menschenmassen wie bei einer Jahrhundertflucht.
Ich versuche mich noch einmal zu konzentrieren, um mich in die richtige Schleuse einzuordnen.
An meine Rückreise nach Cannes kann ich mich kaum mehr erinnern. Mein Geist muss meinen Körper auf Autopilot gestellt haben. Am nächsten Morgen streife ich durch meine Fotos von Porquerolles.

Und es muss eine sehr schöne Insel gewesen sein, die ich am Vortag besucht habe. Ich konnte sie aber aufgrund der magnetischen Anziehungskraft auf Menschenmengen nicht sehen.

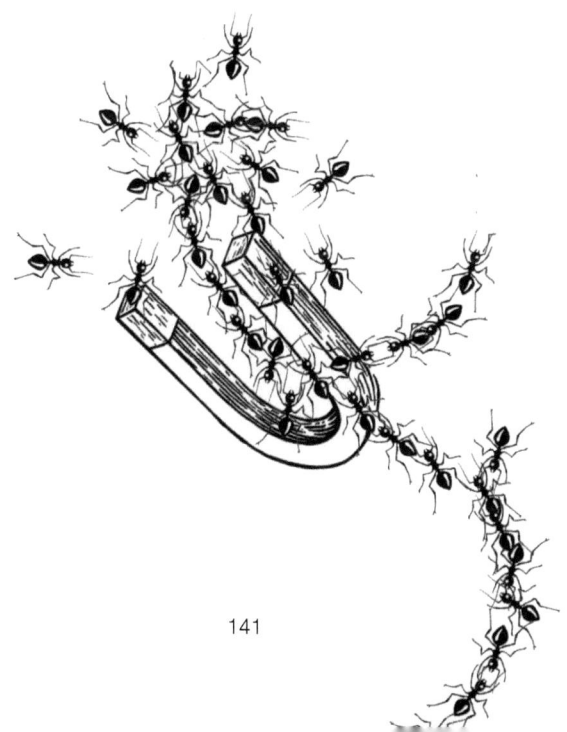

Lac de Saint-Cassien
ein See aus Tränen

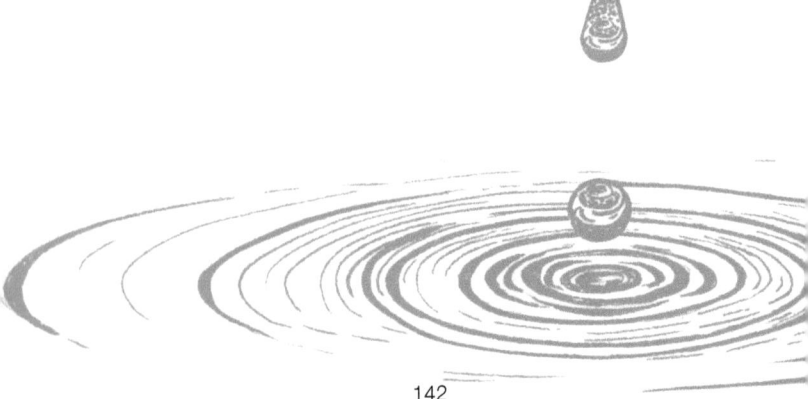

Vor einigen Tagen erspähte ich einen türkisen Fleck Natur. Nach meinem Tag auf Porquerolles ist mir eigentlich nach einer gesellschaftlichen Auszeit. Aber irgendwie geht mir dieses Türkis nicht mehr aus dem Kopf. Es muss ein See gewesen sein.

Einige Vergrößerungen auf Google Maps später und ich weiß, wo mein heutiger Tag mich hinführt. Lac de Saint-Cassien. Ein Stausee des Flusses Biancon. Laut Wikipedia ein beliebter Ort, um Karpfen zu angeln, Wassersport zu betreiben und bei 30 Grad Wassertemperatur zu schwimmen. Bei 600 Hektar See findet sich bestimmt ein ruhiges Plätzchen.

Und tatsächlich ist es hier ruhiger als erwartet. Der Boden um den See herum ist staubig trocken. Die Stämme der Bäume wirken durstig, aber die Blätter sprießen leuchtend grün rings um den See herum. Das Wasser schimmert unnatürlich strahlend Türkis. Woher kommt diese Farbe nur?

Ich breite mein Strandtuch aus, setze mich auf den harten Boden und nehme die Umgebung um mich herum wahr. Die Menschen an diesem Ort kann ich an zwei Händen abzählen. Es ist ungewöhnlich still hier. Kein Windhauch. Kein Knistern. Noch nicht mal das Zirpen einer Grille ist zu hören. Mein Gesäß und meine Beine schmerzen unter dem unebenen, harten Boden. Ich versuche, mich auf etwas anderes zu fokussieren. Da meldet sich die Stimme in meinem Kopf: Es sind nur noch einige Tage bis zu deiner Abreise. Will ich eigentlich abreisen? Du bist noch nicht so weit! Ich muss schlucken. Wie konnte die Zeit nur so schnell verstreichen? Melancholie breitet sich in mir aus.

Der See ist nun wie eine Ansammlung von Tränen, die auf ein Stück eingestaubte Routine fallen. Je mehr Freude, aber auch Schmerz fließt, umso größer wird der See. Dieser versorgt ganz uneigennützig die Natur um sich herum. Zum Dank sprießen neue Freude, Hoffnungen, Ideen und Erkenntnisse. Diese spiegeln sich dann im See wider. Würdest du keine Routine kennen… ich unterbreche meine eigene innere Stimme: Dann wüsste ich die Abwechslung nicht zu schätzen. Eine weitere Träne tropft in den Lac de Saint-Cassien, um eine neue Erkenntnis zum Erblühen zu bringen.

Esterel
rote Blubberblasen

Hat mir in den letzten Wochen eigentlich etwas gefehlt? Ich selektiere hin und her, was die eroberten Orte und meine Reise unperfekt machen könnte.

Nach reiflicher Überlegung dämmert es mir: ein Wald. Mir fehlt ein Wald. Ich vermisse lange Spaziergänge in einem kühlen, sauerstoffreichen, nach Moos riechenden Wald. Im Eifer des Gefechts renne ich auf den Balkon und schweife meinen Blick über die Kulisse. Stadt, Meer, noch mehr Meer, Sandstrand, ein kleiner Park, Eisenbahnschienen, Straßen, Promenade, Inseln, rotes Gebirge... Rotes Gebirge!
Laut der elektronischen Landkarte auf meinem Handy soll im Esterel Gebirge ein Wald sein. Voller Vorfreude auf einen Wald-spaziergang schlüpfe ich in meine Sportkleidung und lasse mich vom Navigationssystem zu dem Ort meines Bedürfnisses führen. Ich steige aus dem Wagen, aber es ist kein Wald zu sehen. Ich stehe auf einer kaum befahrenen Straße im Esterel Gebirge. Unter mir das blaue Meer, Palmen, Pinienbäume und um mich herum rotes Gestein mit hellblauen Farbtupfern von den Pools, die zu den Villen hier gehören.

Ich setze meine Suche aufwärts fort.
Die Sonne knallt ohne Rücksicht mit voller Kraft auf mich herunter. Der Wind macht scheinbar gerade woanders Urlaub und die Luft hier oben erleichtert meine Atmung nicht gerade. Ich spüre, wie ich aus jeglichen Poren meines Körpers transpi-riere und kein schattiges Plätzchen ist in Sicht. Glühend heißer Asphalt, eine dekadente Residenz nach der nächsten aber kein grünes Wäldchen in der Nähe. Suchend drehe ich mich im Kreis und erspähe einige Meter über mir ein sehr außer-gewöhnliches Gebäude, welches schon vor einigen Wochen meine Aufmerksamkeit auf sich gezogen hat.
Große Kugeln in der Farbe des Gebirges. Unsortiert und umkreist von Palmen. Die Sonne blendet meine Sicht. Meine Neugierde ist geweckt.

Ziemlich weit oben im Gebirge, abgesperrt mit einer dünnen Metallkette und Schildern, die das Betreten des Anwesens untersagen, stehe ich nun vor der interessantesten Villa, die ich bis jetzt gesehen habe.

145

Le Palais Bulles. Der ungarische Architekt Antti Lovag kreierte im organischen Stil dieses faszinierende Gebäude, mit einem atemberaubenden Blick auf das Meer.

Stille. Nur das Plätschern der Poolanlage ist zu vernehmen. Ich steige über die Absperrung und verrenke an jeder nur möglichen Stelle meinen Hals, um mir diesen Blasen Palast näher anzuschauen. Ich finde schnell Gefallen an der außergewöhnlichen Architektur und könnte mir durchaus ein paar Sonnenaufgänge und Sonnenuntergänge von hieraus vorstellen...

1991 erwarb der Modedesigner Pierre Cardin die 1200 Quadratmeter große Immobilie mit mehr als zwei Dutzend kreisrunder Zimmer, zwei Pools und einem Amphitheater mit mehreren 100 Sitzplätzen. Der Modedesigner bewohnt das Anwesen schon seit Langem nicht mehr. Laut eines Manager Magazins kann man sich mit dem nötigen Kleingeld für nur 990 Euro die Nacht ein Zimmer mieten. Wer dann Lust auf mehr bekommt, kann für ein kleines Taschengeld von rund 400 Millionen Euro der stolze, neue Besitzer von terrakottaroten Blubberblasen unter der südfranzösischen Sonne werden.

Ich überschlage schnell mein durchschnittliches Gehalt und verwerfe danach den Gedanken, Madame Bulles zu werden. Den Wald habe ich vor lauter Blubberblasen in meinem Kopf schon ganz vergessen.

Und mal wieder war ich auf der Suche nach etwas Bestimmten. Habe es nicht gefunden, aber dafür etwas Neues entdeckt.

Monaco
die Faszination

Faszination Monaco.
Polierte Luxusschlitten, Glücksspiel im weltbekannten Casino,
das legendäre Hôtel de Paris, Schönheiten in High Heels,
ein überfüllter Yachthafen, Wohnort eines Adelsgeschlechts,
Prominentenpartys, Austragungsort der Formel Eins und die
dekadente Aufzählung könnte noch Bücher füllen.

Monaco ist das magische Wort an der Côte d'Azur. Jeder, der
einmal hier war, möchte Monaco einmal sehen und dort gesehen werden. Das Fürstentum Monaco ist der zweitkleinste
Staat der Welt, nach dem Vatikanstaat und weist mit 19.035
Bewohnern je Quadratkilometer die höchste Bevölkerungsdichte
auf. Dies scheint der Grund für den unschönen Plattenbau, der
mich jedes Mal wieder bei meinem Besuch begrüßt, zu sein.
Zu den monegassischen Staatsbürgern tummeln sich hunderte
Besucher in den Sommermonaten in den Straßen. Die meisten
bewaffnet mit Kameras, um den Luxus in allen seinen Facetten
festzuhalten. Die Faszination hält sich bei jedem Besuch von mir
in Grenzen. Es muss das steuerfreie Leben sein, welches die
Reichen mit ihren überschwänglichen Luxusgütern hierhin gezogen hat. Ich glaube nicht, dass überbevölkerte Plattenbauten
eine Faszination auslösen könnten. Wenn da nicht die großen,
schlanken Damen in ihren sündhaft teuren Glitzerkleidern
Nacht für Nacht auf den beleuchteten Hoteldächern wären. Die
Herren mit ihrer Centurion, die ihnen eine „was kostet die Welt"
- Ausstrahlung verleiht, sobald sie das schwarze Stück Plastik
zücken. Yachten, die an einem Tag mehr an Benzin kosten als
die Jahresmiete einer Durchschnittswohnung. Ein Fuhrpark vor
dem berühmten Casino, welcher wahrscheinlich jeden U.S.
amerikanischen Rapper erblassen lässt. An einem Abend in
Monaco kommt bei mir doch noch die Faszination auf, als ich in
einem Club für eine handelsübliche 0,2 l Cola tatsächlich meine
Kreditkarte zücke, um diese dann für 20 Euro zu erstehen.
Also schafft es Monaco doch, jeden auf eine ganz individuelle
Art ins Staunen zu versetzen.

Danke Monaco! Das teuerste Erfrischungsgetränk meines bishe-
rigen Lebens macht dich auf eine ganz faszinierende Weise nun
auch für mich unvergesslich.

Antibes
die Stadt von Gegenüber

Die Stadt von Gegenüber.
Einer der ältesten Städte an der Côte d'Azur bekam 340 vor
Chr. von den Griechen den Namen Antipolis, was so viel heißt
wie die Stadt gegenüber. Aus welchem Antrieb heraus die
Stadt ihren Namen erhielt, weiß keiner genau.
Das heutige Antibes liegt zwischen Nizza und Cannes und ist
somit ein antikes Verbindungsstück der beiden prominenten
Städte. In der Altstadt wirkt das Leben herrlich normal.
Kleine französische Geschäfte mit den unterschiedlichsten
Leckereien. Ein überdachter Markt mit frischen Zutaten aus der
Region und überall Restaurants und Cafés für den kleinen und
großen Appetit zwischendurch.

In der Nacht bei einem offenen Fenster spielen sich drama-
tische Liebesszenen ab. Vom zerstörerischen Streit bis zur
exzessiven Versöhnung, so lautstark, dass man einfach nur
mitfühlen muss, auch wenn man die Hälfte nicht versteht, aber
dafür erahnen kann. Männer mit durchtrainierten freien Ober-
körpern, die morgens in den Straßen ihre Hunde ausführen, um
auf dem Rückweg ihrer Liebsten aus einer Patisserie eine zu-
ckersüße Motivation zum Aufstehen mitzubringen. Ältere Herren, die hier und da mit ihrer Tageszeitung und einem Café au
Lait ein Päuschen einlegen, während die Damen das Nötigste
in ihre Einkaufstaschen packen und sich mit den Verkäufern
über das schöne Wetter austauschen. In Antibes plätschern
die Tage so vor sich hin, mit südeuropäischer Gelassenheit
und französischem Verführungstalent für die schönen Dinge im
Leben.

Bevor die Sonne untergeht, zieht es mich immer wieder ans
Cap. Bei offenem Fenster pustet mir der Wind die frische
Meeresbrise ins Gesicht. Aus den Lautsprechern des Autos
schallen sommerliche Klänge. An der Küstenstraße zeichnet
sich der malerische Horizont ab. Am Strand entlang joggen
attraktive Menschen. Es wird vergnügt Handball gespielt und
Freunde treffen sich, um zusammen den Tag am paradiesi-
schen Ufer ausklingen zu lassen.

Auf dem Weg zu meinem Ziel wird das Auto von einem Sicherheitsservice angehalten, bevor ich die pompöse Auffahrt passieren darf.

Angekommen, wird mir die Türe vom Personal geöffnet und der Wagen in die Obhut dieser gegeben. Ein freundlicher junger Mann wünscht einen schönen Abend und öffnet die Glastüre. Ich betrete den weißen Marmorraum und eine Dame fragt mich strahlend, ob ich zum Essen gekommen sei oder für einen Aufenthalt in der Champagner Lounge.

Heute Abend ist es die Champagner Lounge des legendären Hôtel du Cap-Eden-Roc, wo ein Tropfen Wein den Preis eines Sommerkleides hat. Aber der Sonnenuntergang von dieser einmaligen Kulisse sollte es wert sein, da die Szenerie sich wie eine unendliche Liebesmelodie in das Gedächtnis einpflanzt. Dieses Bild taucht immer dann wieder auf, wenn es draußen kalt und grau ist und der Regen an ein Schlafzimmerfenster prasselt, um daran zu erinnern, dass nach jedem Regen auch wieder die Sonne kommt.

Die Villa Solei, so der ursprüngliche Name dieses einmaligen Ortes, wurde 1863 erbaut und war die Residenz vieler Künstler. Ernest Hemingway, Marlene Dietrich, Pablo Picasso und auch heutige Größen tauchen immer wieder in die Schönheit dieses sonnigen Plätzchens ein.

Für die alten Griechen ist es die Stadt von Gegenüber, für mich die reizende, sonnenverwöhnte Stadt zwischen Nizza und Cannes.

153

Saint-Tropez
Welcome to Saint-Tropez

Welcome to Saint-Tropez.
Bevor ich diesen Satz wahrhaftig aussprechen kann, stehe ich
Jahr für Jahr in einem nicht endenden Stau.
Das Blumenmädchen der Côte d'Azur macht es einem nicht
leicht, sie zu besuchen. Nach einem halben Tag im Stau
erscheint das erste Ortsschild. Danach spielt sie auch noch
verstecken mit ihren freien Parklücken.
Manchmal habe ich das Gefühl, dass Saint-Tropez einfach
mal eine Auszeit von ihren Besuchern möchte, da diese immer
anspruchsvoller und energieraubender werden, weil sie von ihr
rund um die Uhr unterhalten werden möchten.

Eigentlich sehnt sich die provinziale, junge Dame danach,
sich in den Sommermonaten in ihren Hafen zu setzen und sich
währenddessen lange Zöpfe mit Blumen ins Haar zu flechten.
Hier und da alte Fischerboote dabei zu beobachten, wie diese
ihren Fang für die Bewohner und ihr Abendessen nach Hause
bringen.
Gerne würde sie mit ihrem langen, weißen Kleid tänzelnd durch
die Altstadt schlendern. Danach auf dem Place de Lices zusammen mit Brigitte Bardot ein Pläuschchen über die reizvollen
Vintage Accessoires auf dem Markt halten. Später kommen
noch Gunther Sachs und Louis Funès hinzu und gemeinsam
verfolgen sie das Boulespiel der älteren Herren.
Am Nachmittag liebt sie es, mit dem Wind in den Weinfeldern
Fangen zu spielen und hier und da eine Traube aus der Frucht
ihres Bodens zu naschen.
Gegen Abend zieht es sie an den Strand. Hier spürt sie den
warmen Sand unter ihren Füßen. Lauscht den verliebten Einheimischen bei ihren romantischen Schwüren. Und in dem Glanz
ihrer Augen spiegelt sich das allabendliche Liebesritual der
Sonne und des Meeres wider.
Bei Anbruch der Nacht träumt Saint-Tropez von ihren weiß ge-
kleideten Bewohnern, die Sommer für Sommer mit ihr zusammen einfach mal Urlaub in ihrer eigenen Stadt machen, ohne
dass unterhaltungshungrige Besucher ihr die Seele rauben.
Ich hoffe, dass auch Saint-Tropez irgendwann zu ihrer wahren Mitte zurückfindet und zu sich selber wieder ausgelassen
sagen kann:

Welcome to Saint-Tropez!

Marseille
jeder verliebt sich mal

Wie sagt man doch so schön: Das Beste kommt zum Schluss. Meine Tage in diesem Sommer an der französischen Riviera sind gezählt und die Abreise rückt Tag für Tag und Stunde für Stunde näher. Mein Herz zieht mich aber schon seit Jahren an einem mir noch unbekannten Ort.

Marseille.
Die Räder des Wagens rollen mit maximaler Geschwindig-keit auf die A8 Richtung Marseille. Die Sonne spiegelt sich in meiner Brille wider. Der Wind gibt Antrieb von hinten und ich wippe zu rhythmischen, afroamerikanischen Beats, welche aus den Lautsprechern schallen. Und da ist es wieder, dieses unbeschreibliche Glücksgefühl der absoluten Freiheit und der Neugierde nach unentdeckten Orten, wenn ich auf den Straßen dieser Welt unterwegs bin.

Knapp zwei Stunden später betrete ich den Boden von Mar-seille. Meine Knie zittern. Ungeahnte Energie strömt durch meinen ganzen Körper. Mit all meinen Sinnen sauge ich diese Stadt in mir auf. Und mir ist, als wäre ich schon hunderte Male durch diesen Ort gewandert, nur durch die Augen eines anderen. Alles ist neu und doch so vertraut. Vieux Port ist seit Jahrhunderten das Tor zu Südeuropa. Der alte Hafen ist ein zentraler Punkt des urbanen Lebens und das Herz der Stadt. Straßenkünstler verwandeln den Moment mit ihrer Musik in etwas Unwiederbringliches.
Menschen passieren von allen Richtungen und streifen anein-ander vorbei. Ich stehe unter einer spiegelnden Überdachung. Mein Blick nach oben zeigt mir den Augenblick aus einer fremden Sicht. Ich verweile einen Moment.

Das Geschehen um mich herum läuft in Zeitlupe an mir vorbei. Die Seele der Stadt hat mich erfasst und es ist, als würde sie mit mir kommunizieren und mir einen Stadtplan geben, um mich in ihre eindrucksvollsten Straßen, Denkmäler, Aussichts-punkte und Verstecke zu führen.

Jemand drückt wie bei einem alten Videorekorder auf schnel-les Vorspulen und ich bin zurück im Hier und Jetzt.

Imposante große historische Bauten, die stolz aus der Geschichte einer widerspenstigen Stadt erzählen. Aus jeder Straße strömen unterschiedliche Gerüche, Sprachen, Klänge und visuelle Eindrücke in ein buntes Gemisch.

Das ist es, was Marseille ausmacht. Ein Ort der Zusammenkunft unterschiedlichster Kulturen und Religionen und somit ein einzigartiges Kunstwerk für sich. Mein Herz tanzt. Ich laufe aufwärts und stehe vor bunt bemalten Treppenstufen. Jede einzelne Stufe und die angrenzenden Gebäude sind mit Straßenkunst versehen.
Nachdem ich die letzte Stufe genommen habe, erblicke ich den wahrscheinlich bemaltesten Ort der Welt. Course Julien.
Ich könnte hier Tage verbringen und in jeden Zentimeter dieser bunten Kunst wie Mary Poppins hineinspringen und von Kunstwerk zu Kunstwerk in eine andere Welt eintreten.
Ein frischer, seifiger Duft zieht mich in eine Seifenmanufaktur.
Ich schnappe mir ein Körbchen, lege wahllos ein paar Stücke hinein und kaufe mir somit ein Teil Marseille zum Mitnehmen.
Ich stecke meine Nase in die Einkaufstüte und inhaliere Lavendel, Mandel und Bergamotte in mich hinein. Nun konditioniere ich diesen Duft auf diesen Augenblick und lasse dafür ein Stück meiner Seele hier.
Es ist Zeit für heute, mich zu verabschieden.

Der Wagen braust wieder Richtung Cannes.
Rechts von mir sehe ich die Sonne, wie sie hinter der großen Stadt, der jetzt ein Stück meines Herzens gehört, untergeht.
Der Horizont verläuft von einem Pink in ein Blau, bis die Nacht mit ihrem tiefen Schwarz alles um mich herum einnimmt. Das Auto rast durch die Dunkelheit.
Und ich lausche Tory Lanez Stimme, die nun im Radio spielt... mhhhhmhhhhmhhh...

Ja, jeder verliebt sich mal. Ich weiß nicht, wie es mit dir ist, Marseille, aber es ist kein Verbrechen... Mmm, ah, mmm, ah, mmm...

159

La Bocca Plage

die Rebellin

Ich liebe diese frühen Morgen, wenn die Sonne gerade er-
wacht, die Erdbewohner noch in ihren Betten friedlich schlum-
mern und der Gesang der Vögel das einzige Geräusch ist, was
ich vernehmen kann. In diesen Momenten atme ich tief ein und
es ist, als würde ich den Duft der unbegrenzten Möglichkeiten,
welcher mir dieser Tag bietet, riechen können. Es ist Ende
August, über dem Meer von La Bocca Plage geht langsam
die Sonne auf. Zum allerersten Mal erlebe ich diesen Strand
völlig menschenleer. Ich suche mir eine Bank. Nun lasse ich
die Bilder von diesem Ort aus den letzten Wochen vor meinem
inneren Auge Revue passieren.

Sonnengebräunte, durchtrainierte Männerkörper, die unter den
Strandduschen sich von allen Seiten präsentieren, während
das Wasser spritzig von ihnen herab prallt. Wohlgeformte Damen jeden Alters, die sich von den Sonnenstrahlen verwöhnen
lassen, dabei ein Buch lesen und ein Getränk schlürfen.
Kinder, die rund um die Uhr Freude in den sanften Wellen des
Meeres finden. In regelmäßigen Abständen kleine Strandbars
entlang der Promenade. Von hier aus beobachten die flirtwüti-
gen Herren die sporttreibenden, weiblichen Geschöpfe. Ältere
Herrschaften, die das frühe Aufstehen erfunden haben, wan-
dern tapfer gemeinsam durch das kühle Wasser. Yogatrainierte
Körper, dessen Silhouette sich harmonisch der Natur anpas-
sen. In den Abendstunden verbringen Familien und Freunde
gemeinsam Zeit am Strand, um zu grillen, zu essen, zu trinken,
zu tanzen, zu singen, zu lachen, zu weinen oder einfach nur
nebeneinander während des Sonnenuntergangs zu schwei-
gen. Ein ganz besonderes Bild kommt mir nun ins Gedächtnis.

An einem frühen Morgen, während ich die Strandpromenade
entlang jogge, nehme ich eine in Schwarz eingehüllte Frau
zwischen den Felsen im Wasser wahr. Mit einer tiefen Zufrie-
denheit hat sie ihre Arme weit ausgestreckt, berührt mit ihren
Handflächen die Oberfläche des Meeres und wandert friedlich
vor sich hin. Es sind noch nicht viele Menschen am Strand und
dieser Anblick packt mich so sehr, dass ich meinen Blick nicht
von ihr abwenden kann.

Sie scheint meine Beobachtung wahrgenommen zu haben und schaut mir nun direkt in meine Augen. Unsere Blicke treffen sich. Mir ist nun, als könnte ich ihre Glückseligkeit in diesem Moment spüren. Wir lächeln uns gegenseitig mit unendlichem Wohlwollen an.

Meine Augen füllen sich mit Tränen und ich verspüre tiefste Dankbarkeit für diesen intensiven Moment mit einer Fremden. Energiegeladen setze ich meinen Strandlauf fort. In dem Sommer, in welchem an der französischen Riviera das Burkini-Verbot täglich weltweit für Schlagzeilen sorgte, gibt eine Rebellin, durch den Verstoß gegen eine Regel, einer anderen Rebellin die Hoffnung auf friedvolle Akzeptanz.

Merci rebelle du jour!

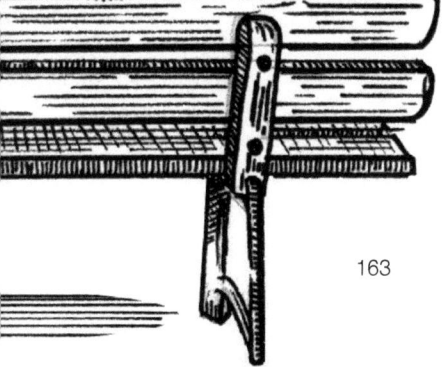

163

Dijon

vielleicht gebe ich irgendwann
meinen Senf dazu

Ich steige ins vollgepackte Auto.
Der kleine Vierräder hat in den letzten Wochen einiges mitmachen müssen, bevor er jetzt die letzten 1200 Kilometer dieser Reise mit in Angriff nimmt.

Zum letzten Mal öffnet sich das dunkelgrüne Tor des Palais Beausite und der Wagen rollt langsam aus der Ausfahrt. Ich verabschiede mich von der Heimat meines Herzens und lasse noch einmal das Freiheitsgefühl der Straße auf mich wirken.

Für eine nächtliche Energiepause soll Dijon sorgen, mit einem kleinen kommerziellen Hotel in der Nähe der Autobahn.
Aber meine Neugierde ist und bleibt einfach unersättlich. Was hat die Heimatstadt des Senfs zu bieten? Unerwartet entdecke ich eine beeindruckende Altstadt unter dem spätsommerlichen Himmel in der Bourgogne.
Eine freundliche, kunst- und kulturbegeisterte Stadt, gefüllt mit aufgeweckten Passanten und Souvenirgeschäften, mit rauen Mengen an verschiedenen Senf- und Weinsorten. An einem großen Platz setze ich mich mit einer Stärkung nieder und lasse mir von der ungeplanten Entdeckung noch einmal etwas von dem französischen Stadtleben erzählen.

Mir gefallen die Geschichten, die ich zu hören und sehen bekomme und vielleicht werde ich irgendwann in die Bourgogne zurückfinden, um dann meinen Senf dazuzugeben.

Düsseldorf
unbekanntes Bekanntes

Wie ist es, wenn das Bekannte auf einmal fremd wirkt?
Und sich die Straßen dieser Welt heimischer anfühlen als dein
Zuhause?
Es ist ein äußerst komisches Gefühl.
Du kennst den Abfahrtplan der U-Bahn immer noch in- und
auswendig. Du weißt, welche Station als Nächstes durch-
gesagt wird, wenn die Bahn über die Oberkassler Brücke
rauscht. Tag ein Tag aus, siehst du bei Wind und Wetter das
schöne Panorama des Neuen Stadttors, des Fernsehturms und
den Fluss mit seinen Brücken. Ich verliebe mich immer wieder
neu in diesen Anblick.

Ich steige aus der Bahn. Fahre mit Menschenmassen die Rolltreppe der U-Bahn-Station hoch und schlüpfe somit nach Monaten aus meinem Hasenloch. Wie nach einem langen Traum
laufe ich in der Altstadt über das Kopfsteinpflaster, Schritt für
Schritt zurück in die Realität.

In den Geschäften bekannte Gesichter, die mir freudestrahlend
zu winken: „Aber Ellen, wo warst du nur die ganze Zeit." Ich
schwärme von fremden Orten, skurrilen Begegnungen, neuen
Gerüchen, einer roten Königin, einer neuen Liebe, Rebellen,
unorganisierten Ameisen, leidenschaftlichen Symbiosen, einem
Inseltanz, einer Stadt wie ein Bienennest, einem Strand der Stille, einem italienischen Hengst... und von dem Ende der Welt.

„Ellen, das hört sich an, als wärst du in einem Wunderland
gewesen." Ich grinse in die neugierigen Gesichter und puste in
ihre Richtung: „Aber ihr Lieben, es gibt doch kein Wunderland
und das ist nicht Düsseldorf."

Ich tänzle vergnügt an der Rheinpromenade entlang und
erfreue mich der Sonne. Hier beobachte ich die vorüberzie-
henden Frachter auf dem Rhein, sonnenhungrige Passanten,
wagemutige Skater, klingelnde Fahrradfahrer und orientierungslose Fremde.

Ganz langsam wird das unbekannte Bekannte wieder familiär und die letzten Monate scheinen wie in einem rosa-roten Sommertraum vergangen zu sein. Und als wäre ich nie fort gewesen, packt mich die Wanderlust.

Ich krame in meiner Tasche nach Indizien meiner Abwesenheit und stoße wie durch einen Zufall auf eine Öllampe.

Und immer, wenn jetzt die Sehnsucht nach fremden Ländern unerträglich wird, lasse ich meinen Dschinn aus der Öllampe heraus, damit er von einer Reise einer Frau durch Europa erzählt...

Landkarte

171

Epilog

nichts ist wie vorher und es
wird auch nie wieder so sein

Es sind nun einige Monate nach meiner Reise vergangen.
Ich gehe wieder arbeiten, treffe mich mit Familie und Freunden, kaufe Lebensmittel ein, gehe ins Kino und essen. Lese ein Buch, fahre mit der Bahn, putze mein Zuhause, beantworte E-Mails und irgendwie ist alles wie vorher.

Nein, ist es nicht!
Wenn ich früh morgens oder spät abends in meiner dörflichen Straße laufe, sehe ich einen mystischen, zuckersüßen rosa Nebel. Am Abend liege ich im Bett und versuche Schlaf zu finden, aber ich höre wie der Atlantik und das Mittelmeer wie zwei langersehnte Liebende aufeinandertreffen. Auf dem Weg zur Arbeit rauschen die Felder so monoton an mir vorbei, dass ich die Bewegung unter mir wahrnehme, aber ich das Gefühl habe, ich befinde mich auf einem Laufband. Während der Arbeit starre ich aus dem Fenster und sehe orientierungslose Ameisen, die mit vollgepackten Tüten durch die Stadt laufen, um ihre Einkäufe stolz nach Hause zu tragen.

Der Spiegel zeigt mir jeden Morgen eine ungeschminkte Frau mit lockigen Haaren, die von Veränderung spricht und sagt, sie ist diejenige, die täglich damit neu anfängt.
Ich möchte mitten in den Straßen der Stadt plötzlich anfangen, zu tanzen, wenn ich dem Chris Brown der Stadt unter einem Konfettiregen begegne.
Wenn der Regen gegen mein Schlafzimmerfenster plätschert, erinnert mich ein sonnenverwöhnter Ort daran, dass nach dem Regen auch immer wieder die Sonne kommt.
Bei Vollmond schaue ich zum Himmel. Dieser erzählt mir dann von den Geräuschen des Städtelebens, einem Palais aus dem 19. Jahrhundert mit vielen Geheimnissen, funkelnden Inseln und einem beruhigenden roten Gebirge.
Wenn ich koche, sehne ich mich danach, jedes herzhafte Gericht mit frischen, saftigen Basilikumblättern zu würzen.

Ich möchte ständig eine Melone mit mir herumtragen…
Eine Stadt schreibt mir Nachrichten und erzählt mir, wie sie ein Stück meiner Seele gefunden hat, mich jetzt vermisst und wenn sie an mich denkt, unendliche Liebe verspürt.

Mein Umfeld meint, ich habe mich verändert. Ich sei noch rebellischer und unkonventioneller als zuvor.
Woher das bloß kommt?

Schlussendlich ist es ein Dschinn, der mir ununterbrochen, Tag und Nacht Geschichten aus fremden Ländern in mein Ohr flüstert und mich motiviert, aus der Liebe zu den Städten dieser Welt seine Worte zu Papier zu bringen...

Nichts ist wie vorher und es wird auch nie wieder so sein.

Offener Brief

begebt euch auf eine Reise

Was ist nun der Unterschied zwischen einem Urlaub und einer Reise?

Urlaub: Du buchst einen Flug, ein Hotel, einen Transfer, es wird für dich geputzt und gekocht und du kannst optimalerweise deine Seele etwas vom Alltag baumeln lassen, um danach hoffentlich erholt in deinen Alltag zurückzufinden.

Reise… ja, was ist eine Reise…? Für mich waren die letzten drei Monate eine Reise. Eine Reise durch Europa. Eine von Fernweh geplagte Frau, ein kleines Auto, jede Menge Gepäck, eine Route, unterschiedlichste Unterkünfte, Erwartungen, Hoffnungen, Neugierde, Ängste, Träume, Wünsche und natürlich dich selbst. Dich selbst… Da schleppst du also dein Gepäck mit 17 verschiedenen Stopps durch halb Europa, Berge hoch und runter. Treppen hoch in die fünfte Etage einer knirschenden Altbauwohnung. Durch eine ganze Stadt bei 42 Grad, da deine Unterkunft in der Alhambra Granadas es dir nicht anders ermöglicht. Und stellst irgendwann fest, dass es nicht deine Kleidung, Kosmetika oder Essen ist, welches du durch halb Europa schleppst, sondern dich selbst.

Mit jedem Schritt, jeder Stufe, jedem Auf und Ab in Lissabon, jedem Felsen an der Algarve, jeder Landstraße in der Normandie, jeder noch so langen Brücke (es gab einige davon), jedem Tunnel und auch jedem Loch, welches ein Tunnel sein sollte (Gibraltar), jedem Kilometer niemals enden wollender Autobahnnen (Granada-Valencia) und jeder viel zu engen Gasse (Sevilla), wo du den Anschein hast, weder vor noch zurückzukommen, schleppst du dein Gepäck. Und dieses Gepäck bist du selbst. Du lernst, welches Gepäck von Nutzen ist und welches längst überfällig an einem fremden Ort gelassen werden sollte. Du erkennst, an welchem du arbeiten musst - etwas Neues kommt aber immer wieder hinzu.

Wenn du bereit bist, dein Gepäck zu tragen, es auszusortieren und Neues dazuzubekommen, begebe dich auf eine Reise. Durch verschiedene Länder, ins Unbekannte und zu dir selbst. Du lernst viel über dich, Sitten, Länder, Kulturen, Menschen, Tiere (ja, Kakerlaken können fliegen) und die Natur.

Aber auch so einiges über dein Zuhause und Umfeld. Wer dich vermisst. Wen du vermisst. Welcher Rat dir wichtig ist. Wer dich trotz deiner Abwesenheit braucht und auf was und wen du in Zukunft lieber verzichten möchtest.

Ich kann nur an jeden appellieren, seine eigenen Träume zu realisieren. Denn am Ende bereuen wir nicht, was vielleicht auf dem Weg dorthin schiefgelaufen wäre, sondern dass wir es erst nie versucht haben.

In diesem Sinne!
Begebt euch auf eine Reise!
Begebt euch auf die Reise eurer Träume!

Wenn Freundschaft Kunst spricht

Täglich streifen hunderte von Menschen in den überfüllten Straßen unserer Städte an uns vorbei. In den kleinen, verwinkelten Gassen, an den sonnendurchfluteten Stränden dieser Welt, in den knisternden Wäldern, auf den naturbelassenen Feldern, in den Höhen der Berge und in den Tiefen der Täler streifen wir unbewusst Tag für Tag aneinander vorbei.

Wie viele Menschen wären es wohl im Laufe eines ganzen Lebens... Zehn Millionen oder doch viel mehr?
Mit wie vielen von ihnen kommen wir tatsächlich in Kontakt, sei es nur durch eine flüchtige Berührung, durch ein kleines Wort oder durch einen kurzen Blick.
Von diesen Millionen von Möglichkeiten, die uns ein ganzes Leben immer und immer wieder geboten werden, entscheiden wir uns, aus einer Begegnung eine Freundschaft werden zu lassen.

Es gibt kurzlebige, aber dafür sehr intensive Freundschaften. Es gibt Freundschaften von der Kindheit, die bis über den Tod hinaus unerschütterlich sind. Es gibt sehr leichtlebige und gedankenlose Freundschaften. Es gibt sehr tiefe, aber auch exzessive Freundschaften. Es gibt Freundschaften, die niemand sehen kann, aber die wie ein Geheimbund existieren.
Ich glaube, dass ich schon viele verschiedene Freundschaften bis zum heutigen Tag gelebt habe.

Es ist eine schlummernde Freundschaft, die da war, ohne je ausgesprochen zu werden. Die immer wieder für einige Stunden oder Tage entfacht, bevor sie sich sanft wieder zurücklehnt, mit dem ruhigen Gewissen, dass sie besteht, aber weder Zeit noch Raum braucht, um sich zu beweisen. Die meisten Freundschaften entwickeln sich durch Nähe. Diese entwickelt sich durch Distanz. Und so wurde mir klar, dass man nicht am gleichen Ort sein muss, um sich ganz nah zu sein.
Manchmal liegt das Wahrhaftige in der Ferne und bietet eine imaginäre Hand, genau dann, wenn man sie braucht.

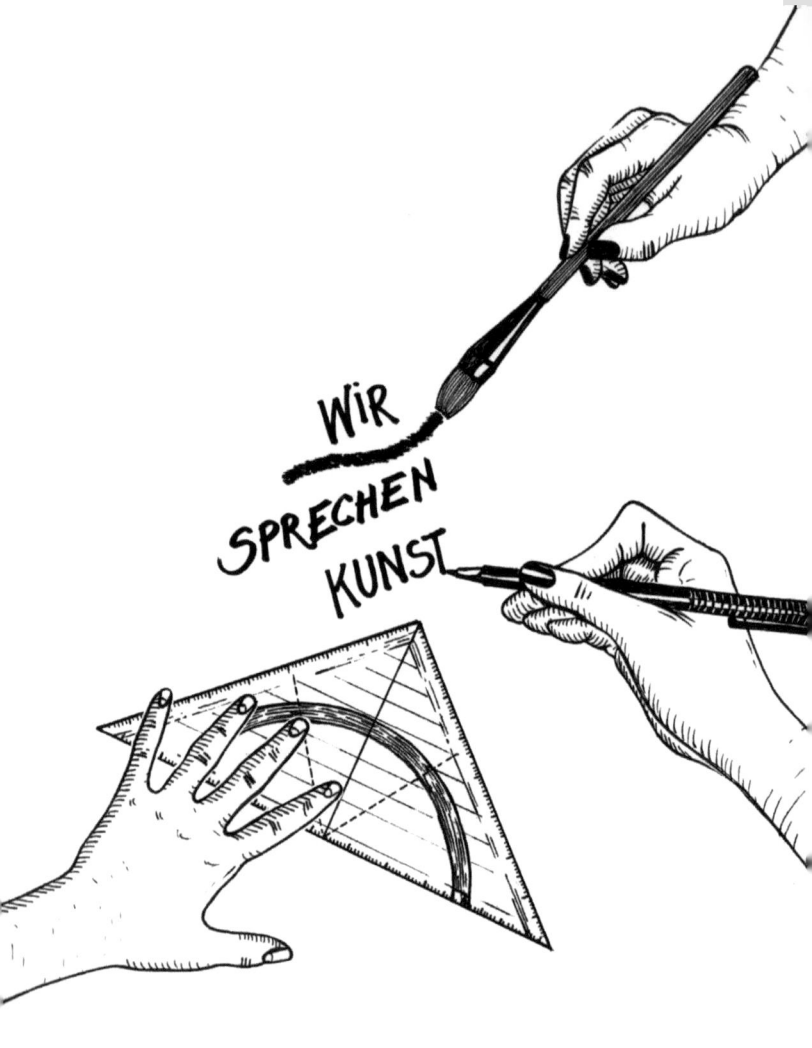

Während ich in meiner dörflichen Straße in Deutschland an meinem Fenster sitze und die Erfahrungen meiner Wanderlust zu Papier bringe, taucht eine Freundschaft, die an ihrem Vorstadtfenster in Frankreich sitzt, mit mir noch einmal Wort für Wort, Seite für Seite und Kapitel für Kapitel in den vergangenen Sommer ein.

Eine andere Freundschaft hatte sich für Jahrzehnte schlafen gelegt und wurde durch die Leidenschaft zur Kunst wieder geweckt.
So hüpfte sie von ihrem Atelier der Großstadt Berlins aus, gemeinsam mit ihrem Farbtopf in ein Hasenloch und verwandelte gelebte Emotionen in Bilder um.

Das Ergebnis ist dieses illustrierte Buch oder...
Wenn Freundschaft Kunst spricht.

Wer ist eigentlich diese Autorin?

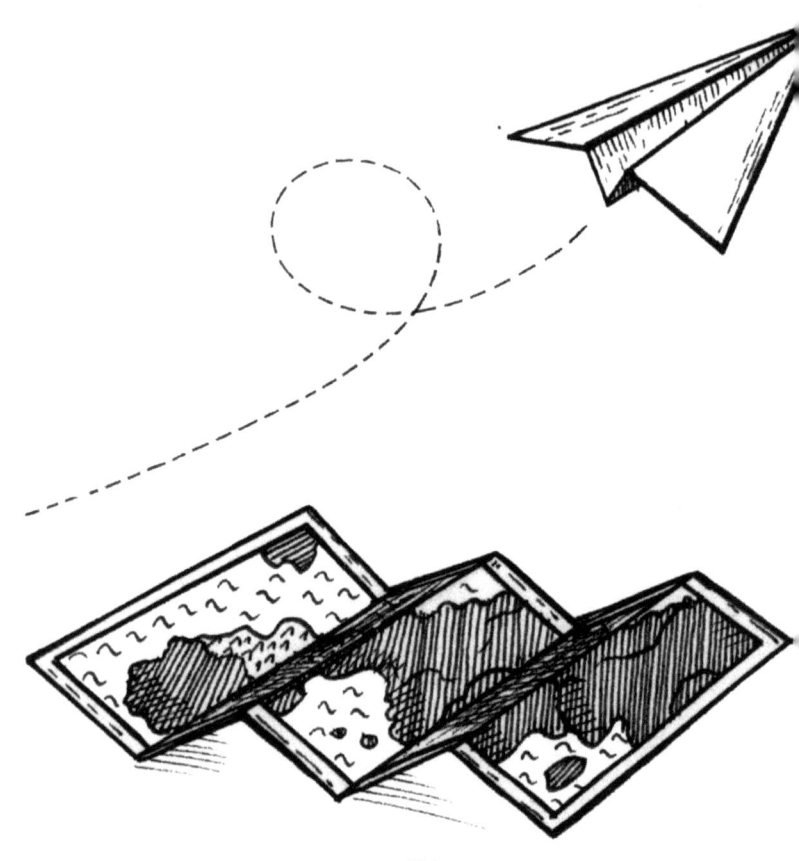

Eine Person, die jetzt schon seit Minuten, vielleicht aber auch Stunden auf ein leeres Blatt Papier starrt und nach einer Inspiration sucht, um sich selbst zu beschreiben.

Wenn ich einen Ort, ein Ereignis oder eine Beziehung beschreiben soll, sprudeln die Ideen einfach und wie ganz natürlich nur so aus mir heraus. Aber vielleicht ist es genau das, was mich ausmacht.

Ich verliere mich einfach viel zu gerne in Ereignissen und liebe es, in Orten, Emotionen und Momenten zu schwimmen.

Wenn die Städte ihre Vorhänge fallen lassen und die Welt mir ihre Geschichten wie auf einer inszenierten Bühne erzählt, dann bin ich dieser Zuschauer in der hintersten Reihe, alleine auf einem Stuhl, mit dem Blick aufs Ganze. Ich möchte die volle Bandbreite der Darbietung sehen, hören, schmecken und fühlen können.

Ja, ich liebe Sinneswahrnehmungen.

Manchmal applaudiere ich laut und springe voller Enthusiasmus mitten in das Bühnenbild.

Ein anderes Mal lasse ich der Vorstellung einfach seinen Lauf und schleiche mich heimlich durch den Hinterausgang nach Hause, ohne dass jemand meine Anwesenheit wahrgenommen hat.

Ich bin verliebt in das Abenteuer und süchtig nach neuen und unbekannten Eindrücken. Die Straßen dieser Welt beflügeln mich und ich lasse mich gerne vom Zufall navigieren.

Meine Lebenselixiere sind die Musik, Kultur und Kunst.

Die Schönheit der Natur, wie auch das pulsierende Städteleben.

Kurz: Ich bin Ellen, eine freiheitsliebende Seele mit einem leidenschaftlichen Herzen, welches für die einfachen Dinge im Leben schlägt und immer auf der Suche nach irgendetwas ist.

Wer ist eigentlich diese Illustratorin?

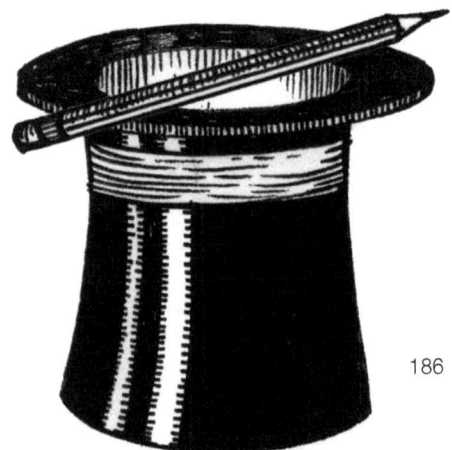

Wenn die Autorin an die Illustratorin denkt, steigt sie in ihre Zeitmaschine und reist einige Jahrzehnte in ihre Vergangenheit zurück. Schmunzelnd findet sie sich in einem Klassenzimmer wieder, wie sie neugierig versucht, einen Blick auf das Blatt Papier der Illustratorin zu werfen.

Das, was sie flüchtig erhaschen kann, hat zur Freude der Autorin nichts mit den langweiligen mathematischen Formeln auf der Tafel zu tun. Einige Minuten später schiebt die Illustratorin ihr Werk der Autorin zu.

Selbstzufrieden lächeln nun beide in die Richtung der Tafel, mit dem Wissen, dass sie wahrscheinlich nie irgendetwas von Mathematik verstehen werden, aber das, was während einer Mathematikstunde noch so passieren kann, etwas sehr Erfüllendes sein kann.

Und so gestalten die Beiden sich gemeinsam, mal malerisch, mal tänzerisch, hin und wieder rebellisch, aber zu meist immer sehr außergewöhnlich, ihre gemeinsame Schulzeit.

Mit dem letzten Satz des ersten Buches der Autorin überkommt sie das Gefühl, dass noch etwas fehlt.

Eine geheime Zutat... sie geht im Kopf ihr Rezept durch... Abenteuer, Wanderlust, Sehnsucht, Leidenschaft, Neugierde, Liebe, Magie... das ist es! Magie! Es fehlt eine Brise einer ganz besonderen Magie, um dieses Werk zufriedenstellend zu vollenden. Nun erscheinen der Autorin die langweiligen Mathematikstunden wie eine Fügung.

Wer könnte besser die letzte magische Zutat beimischen als diese Illustratorin?

Auf der Suche nach ihr landet die Autorin in der Hauptstadt Deutschlands. Zwischen bedruckten Taschen, Kleidern und Grußkarten. Umgeben von magisch kreierten Winke-Katzen und einer Menge Katzen im Sack. Gehängte Kaninchen, Ouija Bretter, Tarot-Karten, Turnbeutel voller Ratten und kriechenden Schlangen. Und da ist sie, in einem Druck-Atelier mitten in Berlin und zaubert mit ihren von Farbe befleckten Händen vor sich hin.

Mystik umgibt sie und diesen Ort. Vertieft kreiert sie mit Temperament und Leidenschaft eine geheimnisvolle Kunst.

Angesteckt von der Wanderlust beginnt sie mit einer Art Hexen-werk, schwarze Löcher und weiße Hasen aus ihrem Zauberhut zu ziehen. Es folgen Kapitel für Kapitel abgestimmte Kreationen. Hin und wieder legt sie eine Pause ein und in dieser Zeit widmet sie sich liebevoll ihrer kleinen Familie und versucht dem Kleins-ten unter ihnen ein Auge für die versteckte Kunst im Alltag einer Großstadt zu eröffnen.

Kurz: Sie ist Anna, eine von Magie und Mystik verzauberte Seele, mit einem von malerischen Musen besetzten Herzen, welches sich gerne verträumt durch das Leben tanzt.

Freudig taucht sie immer wieder in ihre eigene und ganz ander-sartige Welt ein und versucht diese durch ihre Kunst der Welt zu erschließen.

Wer ist eigentlich diese imaginäre Hand?

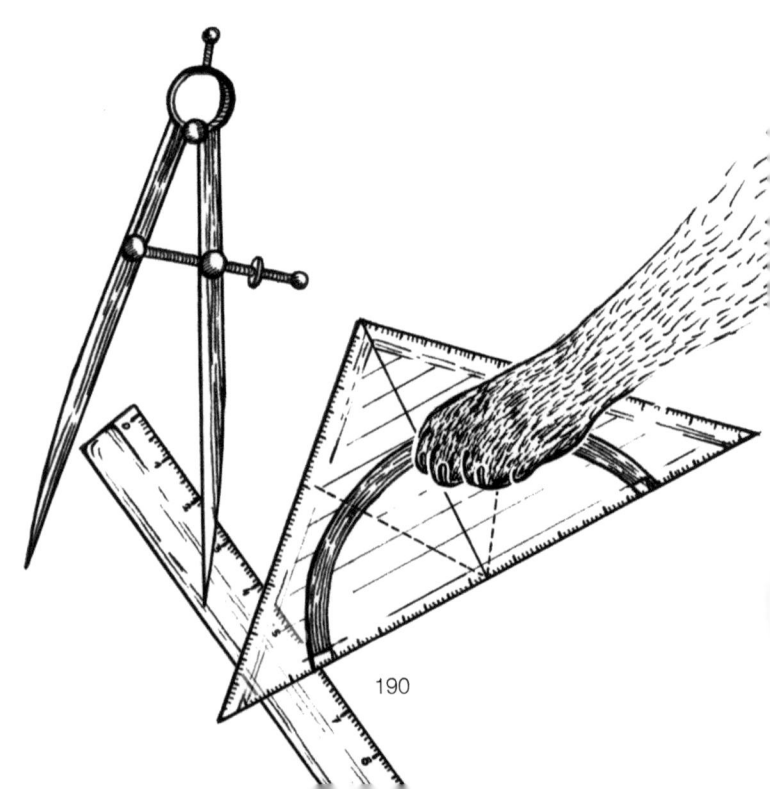

Für die Autorin ist sie eine Freundin, eine Künstlerin, eine Visionärin, eine Kämpferin, eine Beraterin und eine Stimme.

Manchmal setzt sich die imaginäre Hand zu der Autorin mit in die hinterste Reihe des Welttheaters und beobachtet mit ihr gemeinsam schweigend die Inszenierung.

Viele Worte benötigen sie eigentlich nicht, um sich zu verstehen... Wenn da nicht die Eingebungen wären.

Es wird philosophiert, diskutiert, analysiert und neue Ideen und Erkenntnisse werden manifestiert. Dies ist meistens so intensiv, dass beide erst einmal eine Unterhaltungspause einlegen müssen, bevor sie sich in Zeit und Raum vollständig verlieren.

Dann spaziert die imaginäre Hand durch ihre Wahlheimat Paris. In den kleinen Straßen lässt sie sich von Kunst, Kultur, Mode und der Liebe leiten.

Sie liebt die schönen Künste und pinselt ein bisschen selbst, gestaltet, wo es ihr gefällt, etwas neu. Doch am Ende des Tages ist sie ihr eigenes Kunstwerk.

Ja, sie kreiert sich oft die Welt, wie sie ihr gefällt.

Aufmerksam, kritisch, liebevoll und zielstrebig bespricht sie häufig mit ihrer Hauskatze ihre Eindrücke, die sie so über den Tag gesammelt hat.

Ich glaube manchmal, wenn keiner zuschaut, denkt sie, sie wäre selber ein flauschiger, schnurrender Vierbeiner.

Kurz: Sie ist Francisca, eine inspirierte Seele mit einem stolzen Herzen, welches stets für ihre Ziele kämpft und sich gerne auch mal auf dem Weg dorthin verliert.

Und für die Autorin hin und wieder gerne ein Buch formatiert.